Maria Valéria Rezende

Modo de apanhar pássaros à mão

ALFAGUARA

Grafia atualizada segundo o Acordo Ortográfico da Língua Portuguesa de 1990, que entrou em vigor no Brasil em 2009.

Capa
Mariana Metidieri

Foto de capa
Silvana Mattievich

Revisão
Silvana Salerno
Fernando Nuno

Dados Internacionais de Catalogação na Publicação (CIP)
(Câmara Brasileira do Livro, SP, Brasil)

Rezende, Maria Valéria
Modo de apanhar pássaros à mão / Maria Valéria Rezende. — 1ª ed. — Rio de Janeiro : Alfaguara, 2020.

ISBN: 978-85-5652-108-8

1. Contos brasileiros I. Título.

20-41922 CDD-B869.3

Índice para catálogo sistemático:
1. Contos : Literatura brasileira B869.3

Cibele Maria Dias – Bibliotecária – CRB-8/9427

EDITORA SCHWARCZ S.A.
Praça Floriano, 19, sala 3001 — Cinelândia
20031-050 — Rio de Janeiro — RJ
Telefone: (21) 3993-7510
www.companhiadasletras.com.br
www.blogdacompanhia.com.br
facebook.com/editora.alfaguara
instagram.com/editora_alfaguara
twitter.com/alfaguara_br

Sumário

Dilema

Não é possível, só me faltava esta! Alícia relê o cartaz colado à porta do elevador: *"Comunicamos aos senhores condôminos que este equipamento está fora de serviço e interditado pelas autoridades por total falta de segurança. Considerando que o condomínio tem pesado déficit, não havendo recursos para a troca do elevador que está inteiramente obsoleto, a interrupção do serviço é por tempo indeterminado. Ass: O Síndico"*. Inacreditável! O pacote de livros que carrega dobra de peso imediatamente, dá vontade de chorar só de pensar nos seis andares a subir a pé!, encaminha-se para o sombrio vão da escada querendo sentar-se nos primeiros degraus para absorver o choque e acumular forças. O lugar já está ocupado: caladinha e sorridente lá está Dona Romana, como sempre carregada de uma infinidade de sacolas, do grande guarda-chuva preto de cabo de osso que lhe serve de sombrinha e de bengala, daquela capa de chuva de gabardine que hoje só se vê em filme antigo, do *foulard* cor de maravilha e quem sabe do que mais?, esperando, com certeza, que alguém se disponha a içá-la ao sexto andar. Alícia não tem como escapar, ô azar!, é a única pessoa que vive no mesmo andar que essa velhinha miúda e misteriosa, originária de algum daqueles países que compõem, no atlas mental de Alícia, a nebulosa intitulada Europa do Leste que recobre tudo o que está para lá da Alemanha até as vagas fronteiras das Rússias. Dona Romana, rechonchudinha, idade incalculável, o rosto rosado, onde veinhas azuis desenham um craquelê de louça antiga, emoldurado por uma névoa de cabelos brancos, um meio sorriso permanente, os olhinhos azuis sempre cheios de lágrimas que nunca escorrem e conflitam com os lampejos de humor ou ironia que de vez em quando os atravessam, fugazes. Aflitivo... Causa-lhe sempre desconforto encontrar-se com Dona Romana no elevador, tenta evitar olhá-la mas não consegue despegar a vista daquelas quase lágrimas, sempre prestes a cair, sempre retidas, os olhos de Alícia parece que têm vida própria e teimam em voltar ao mesmo ponto. Também, esse elevador é uma coisa tão apertada, tão indiscreta!, quando sobe aquele halterofilista do oitavo andar, então, Alícia, injuriada, tem de se encolher num dos ângulos porque ele, todo folgado, chega a pôr as mãos na cintura para exibir a musculatura, ocupando quase todo o espaço e ainda olhando de esguelha para avaliar a reação dela. Revoltante!

Revoltante é ela, Alícia Maria Cordeiro Lobo, ter de viver num prediozinho chué como este, com a cultura literária que acumulou, com o gênio que sabe que tem, embora até hoje desconhecido, desconhecido não, desprezado, vítima de uma inexplicável perseguição do anonimato. Não há recursos para comprar um novo elevador! Ela que paga pontualmente o condomínio, aguentar isto por causa da tal inadimplência, ô palavrinha!, dos outros e ainda arrastar Dona Romana e seus badulaques por seis andares! É o jeito: o porteiro, que não é besta, deixou escrito um recado de que teve de ir ao médico.

Vamos, Dona Romana, eu ajudo, com muito prazer, ô mentira! Quase uma hora de escalada, carregar a bolsa, a pasta e os livros até o patamar do primeiro andar, voltar, agarrar como pode os pacotes de Dona Romana, voltar, ajudar a velhinha a levantar-se e apoiá-la degrau por degrau até o primeiro andar, fazê-la sentar-se no início do novo lance da escada, recomeçar passo a passo. No meio da subida para o terceiro andar, lá vem o halterofilista todo lampeiro, subindo de dois em dois degraus, ocupando toda a largura da escadinha estreita, Alícia encolhida contra a parede ainda tem de ouvir: coisa boa, não é, senhoras?, malhação grátis! Engraçadinho, malcriado, indecente!, nem se oferece pelo menos para carregar alguma coisa até lá em cima. Dona Romana e seu risinho irônico... Do terceiro para o quarto, três adolescentes assanhadíssimas, fechadas em seu mundinho de risos tolos, sobem correndo, esbarram no cotovelo de

Alícia, nem olham para trás, os livros espalham-se pela escada abaixo. Ô mundo, esse! Dona Romana, com suas lágrimas pendentes, repete o tempo todo: obrigada, coitadinha!, obrigada. Alícia, levemente envergonhada, toca a subir, lutando bravamente contra a falta de ar e a má vontade. Do quarto para o quinto andar, fica meio tonta por efeito do perfume de violetas exalado pelo *foulard* de sua vizinha que, chegando ao patamar seguinte, já não se senta, desaba no primeiro degrau do último lance, perdido o rosado das bochechas agora quase roxas. Alícia baldeia a bagagem de ambas, que já pesa mais de cem quilos, até o sexto piso, respira fundo, vasculha a bolsa, encontra a chave, abre seu apartamento com a imensa tentação de lançar-se sobre o sofá, mas tem de terminar a tarefa de resgate. Que nada!, impossível levantar Dona Romana que ofega, emudece e, finalmente!, deixa escorrer uma de suas lágrimas que fica inteira, como um *cabochon* de cristal, brilhando no *foulard* de seda. Os olhinhos azuis estão baços, apesar das lágrimas persistentes, miram a vizinha suplicantes, imensamente tristes sem a companhia do sorrisinho que desapareceu por completo, e se fecham devagarinho, deixando várias gotas dependuradas nos tocos de cílios brancos que ainda lhe restam. Ô, meu Deus!, não vá ela morrer aqui, nos meus braços!, Alícia se desespera, vai buscar um copo d'água, tenta fazer a velhinha beber, só consegue molhar-lhe os lábios. Arreia ela também nos degraus, arrima-se à parede e fica, antes por desistência do que por paciência, exausta, nem é capaz de pensar em nada mais senão em Sísifo empurrando eternamente sua pedra montanha acima. Desperta assustada sentindo um leve toque na mão, reencontra os olhinhos azuis e um laivo de sorriso, ouve um sopro: podemos ir. Como num pesadelo, Alícia ampara Dona Romana até conseguir empurrá-la para cima da cama alta e coberta por um dossel de veludo esverdeado, precisa ir ao banheiro urgentemente, atrapalha-se no apartamento inverso do seu, encontra a porta no último momento, alivia-se, e não se lembra de mais nada senão do ruído do jato de xixi soando alto no apartamento silencioso.

Primeiro o perfume de violetas murchas, depois a claridade forte atravessando as pálpebras, o cheiro do café e finalmente a cara de Dona Romana pendendo sobre ela, os olhos de novo reluzindo cheios de lágrimas interrompidas, o meio-sorriso que vai se abrindo inteiro, e a mãozinha enrugada balançando o chaveiro de Alícia que se acha escarrapachada num suntuoso sofá coberto de veludo verde capitonê, meio roído de traças. Ainda tonta de sono, endireita-se, percebe o zíper da calça aberto, fecha-o afobadamente, custa a compreender que adormeceu ali, deixando abertas as portas, os pacotes no hall do elevador, a velhinha largada na cama, desculpa-se, aceita o café e um pãozinho amanhecido, espanta-se de ver Dona Romana tão lépida a agradecer-lhe a ajuda de ontem, e diz que não foi nada, ô mentira!, que quando precisar é só chamar, vê no relógio rococó, exposto sobre uma credência de bela marchetaria, que há muito perdeu a hora de chegar à editora. Ainda terá que explicar-se com o editor que já não gosta dela, tem certeza que não gosta. O jeito agora é correr. Nem pode ir ao supermercado como planejou, terá de ir na volta do trabalho... supermercado... elevador... carregar as compras... ai!... e Dona Romana, como fará? Não fará. Farei eu, ô azar!

O resto do dia é de trabalhos forçados, revisar um texto chato a mais não poder. Por que não me dão bons romances em vez desses livros de autoajuda neste triste português rasteiro?, ah!, porque isso os jovenzinhos promissores não querem fazer, vão todos ser grandes escritores, revolucionar a literatura, e o idiota do editor acredita nisso, vive bajulando os meninos gênios enquanto a mim... mal paga o que me deve, ô injustiça! Hoje ele ouve com cara descrente as explicações de Alícia pelo atraso, só balança a cabeça já voltando-se todo sorridente para o novo estudante que contratou, ô grosseria! Nessas horas Alícia vê e ouve de novo a cara e a voz dele quando lhe devolveu os originais do seu romance denso e profundo, quatrocentas páginas vazadas em belíssima linguagem que explora toda a tessitura da língua, obra-prima, ela tem certeza!, e ele: correto, um texto correto, sem dúvida. Mais nada, só correto, nem mais uma palavra sobre o assunto. A expressão ficou-lhe n'alma como um calo, daqueles que não doem propriamente mas nunca se deixam esquecer, um calombo permanente na área literária de seus pensamentos, no qual tropeça cada vez que pensa em enviar a outro editor seu romance, que revisa e reformula sem cessar, tentando aplicadamente tirá-lo da mera condição de correto e fazê-lo tornar-se transgressor, como dizem os garotos que há de ser a literatura de regra hoje em dia.

A vida de Alícia agora mudou, não como ela esperava e desejava, mas tudo ficou diferente. O elevador tornou-se apenas muda e imóvel testemunha de tempos melhores, assim como os estofados, cortinas e dosséis de veludo, o tapete persa puído, as credências, a penteadeira e a conversadeira marchetadas, os cristais da Boêmia, embaçados, vasos e xícaras de Limoges, esbeiçados, os Wedgwoods, redecorados pelas moscas, a lâmpada de Gallé, rachada, as pratas inglesas, escurecidas como estanho, o tremó barroco cujas manchas ainda deixam entrever que o espelho já foi rosado, os livros encadernados em couro com os restos de douração brilhando, enfim, o surpreendente tesouro de antiguidades, ou apenas velharias em mau estado?, que entulham o pequeno apartamento de Dona Romana. Mudaram os horários de Alícia, que agora tem de ir ao supermercado todos os dias, trazendo pouco a pouco as encomendinhas da vizinha e suas próprias compras. Mudaram as batatas das pernas, crescidas e endurecidas, definidas, dizem os meninos: malhando, hein, Dona Alícia! Que coisa!, já cansei de pedir que não me chamem de dona. Mudaram seus serões: não mais a nobre solidão da artista em transe criativo, não mais o monástico silêncio do qual tanto se orgulhava, substituídos pelas visitinhas diárias para entregar as compras de Dona Romana, o convite para uma sopinha, o deixar-se ficar e a conversa que se segue da qual Alícia, a contragosto, gosta.

O que é que tem essa velhinha que, como quem não quer nada, desata minha língua e me faz contar meus segredos, ô vergonha!, mesmo os mais humilhantes? Alícia vai, aos poucos, contando tudo. Quando vê, já é tarde, já contou que seu sonho mais profundo, desde menina, é o de ser uma grande escritora, reconhecida e respeitada, que renunciou a tudo na vida em favor desse ideal, que estragou a vista lendo com qualquer luz, a sacolejar nos ônibus, espirrando no mofo das bibliotecas para devorar todos os clássicos da literatura brasileira, portuguesa e universal, que desmanchou um noivado para estudar letras, que renunciou a uma bela carreira acadêmica na melhor universidade para não dispersar suas energias em nada senão em sua arte e que, afinal, tendo escrito milhares de belas páginas, nunca conseguiu que lhe publicassem nada e que vive dando voltas e voltas à questão para tentar compreender por quê. Explicou que chegou a pensar que a razão fosse seu nome, esse nome que sempre lhe causou problemas, desde a adolescência, porque, ô destino!, todos os livros didáticos de português teimavam em estampar aquelas horríveis fábulas em que há sempre um lobo comendo um cordeiro, e os colegas, maliciosos, não perdoavam. Cada vez que um professor chamava Alícia Maria Cordeiro Lobo, um coro cruel respondia: Cordeiro de mãe, Lobo de pai. Contou que, no início de sua suposta carreira, imaginara o reconhecimento literário que teria como uma bela vingança para aqueles sofrimentos juvenis e manteve o nome completo na página de rosto de seus escritos. Mas a glória não vinha e, quando ouviu um escritor famoso dizer que nenhum autor fazia sucesso com mais de dois nomes, embora não fosse bem verdade na terra de João Guimarães Rosa, José Lins do Rego, Lygia Fagundes Telles, Carlos Drummond de Andrade, João Cabral de Mello Neto, Caio Fernando Abreu, Rosa Amanda Strausz e assim por diante, achou que o malfadado nome podia ser mesmo a razão de seu azar e pensou em usar um pseudônimo, recuou porque lhe pareceu uma covardia, tentou reorganizar o próprio nome de várias maneiras e acabou escolhendo apenas Alícia Lobo, que soa como a alternativa mais nobre e forte. Mas, que nada, Alícia Lobo até agora não conseguiu mais do que Alícia Maria Cordeiro Lobo, a não ser constar como revisora de muitos livros dos outros, emprego que conseguiu quando o pai morreu e ela descobriu que não restava nada no banco.

O fato é que os olhos lacrimosos de Dona Romana sabem expressar não só humor e ironia, mas também um sincero interesse que a induz a falar, falar sem parar e a faz até confessar, ô indignidade!, que só pôde comprar esse apartamentinho em Copacabana porque se submeteu a traduzir, anos a fio, aqueles lamentáveis livrinhos água com açúcar que se vendem em bancas de jornal. Isso, porém, quem assinou foi Maria Cordeiro. Alícia Lobo, nunca!

Dona Romana já é outra coisa, misteriosa como ela só! Alícia pouco consegue descobrir, a não ser que é judia, viúva, que fugiu da Tchecoslováquia por causa da perseguição nazista, que já foi rica, que conhece várias línguas e tem cultura refinada. Boa parte disso nem foi a velhinha que disse, Alícia concluiu pelo que o apartamento contém, observando os móveis e objetos, examinando os livros nas estantes. Não sabe que idade ela tem nem de quê vive, apenas que a cada mês vem visitá-la o Senhor Kafka, evidentemente judeu como Dona Romana, com jeito de rabino, segundo Alícia, tranca-se com ela no quarto por alguns minutos e no dia seguinte a velhinha lhe entrega uma lista de compras e o dinheiro. Além disso, Alícia apenas tem notado que sua amiga está mais pálida, respira com mais dificuldade, parece pouco a pouco diminuir de tamanho.

Dona Romana está enfraquecendo. Vai ver que é a falta de exercício, já que há três meses não pode sair de casa. Alícia preocupa-se ainda mais quando a velhinha lhe entrega a chave de seu próprio apartamento. Ô, meu Deus!, o que eu hei de fazer se acontece alguma coisa com ela?

Carregada de sacolas do supermercado, Alícia usa o cotovelo pra bater na porta de Dona Romana, que não responde, com certeza não ouviu, a campainha já não funciona há muito tempo, é preciso largar os pacotes no chão, libertar uma das mãos para bater mais forte com os nós dos dedos, depois com o chaveiro de metal, e nada, ô que aflição!, Alícia lembra-se da chave que tem, mas hesita, não quer enfrentar o perigo de abrir a porta e encontrar... o quê? Tentação de trancar-se em seu apartamento e ignorar tudo, de chamar o porteiro, mas, por outro lado, um sentimento de responsabilidade e lealdade comanda a mão que procura, nervosa, a chave no fundo da bolsa. Mete a chave na fechadura, espera um pouquinho, cria coragem, gira a chave e abre a porta sem poder evitar o ruído do trinco e o guincho da dobradiça velha para então ouvir, aliviada, um jovial uhu!!! Lá está Dona Romana, sorridente, um novelo de gente, camisola, lençóis e almofadas tudo cor-de-rosa sob o dossel verde-mofo. Uma alegria! São apenas as pernas, o velho reumatismo, a falta de exercício, Dona Romana vai muito bem, apenas não se pode levantar sozinha, isto vai passar logo.

Há meses que o reumatismo de Dona Romana vai passar logo e que Alícia assume o papel de enfermeira, companhia e, afinal, dona da casa. Sua literatura teve de ser posta entre parênteses mas isto vai passar logo, tanto quanto os achaques da velhinha. Alícia não confessa mas, no fundo, está gostando, sobretudo pela oportunidade que tem tido de xeretar nos misteriosos guardados da outra, atendendo aos constantes pedidos de Dona Romana para que procure uma coisa ou outra nos armários e gavetas, muitas vezes um mimo, um pequeno camafeu, um finíssimo binóculo para ópera, um livro, uma caixinha de lenços de renda de Bruxelas que quer dar a Alícia como forma de agradecer-lhe os cuidados. Até agora, a bisbilhotice da escritora só lhe tinha rendido mais perplexidade sobre a verdadeira personalidade e a intrigante biografia da vizinha, além de algumas sugestões interessantes para algum trecho descritivo de um personagem que ela um dia há de criar. Mas nesta tarde de sábado, enquanto a outra dorme sua sesta, Alícia se aventura a esquadrinhar mais profundamente o estranho armário, que enche um terço da sala, cheio de gavetas e desvãos sugerindo compartimentos secretos e, abrindo uma gaveta quase invisível, perfeitamente encaixada e disfarçada em complicadas folhagens entalhadas, encontra três grossos cadernos de capa dura, atados com uma fita desbotada e cobertos de ponta a ponta pela fina escritura de Dona Romana, a mesma que, apenas mais trêmula, ela lê todas as semanas nas listas de compras a fazer. Impossível resistir e Alícia deixa de lado sua tão prezada discrição, agarra os cadernos, fecha devagarinho a gaveta, corre ao seu apartamento e esconde tudo debaixo do travesseiro, volta e passa uma tarde e um serão inquietos, louca para livrar-se da tarefa de assistir à amiga e descobrir, enfim, os mistérios que aqueles cadernos contêm, declara-se cansada, escapa para casa assim que acaba de lavar a louça e de acomodar Romana na cama com o controle remoto da televisão nas mãos. Alícia mergulha em seus próprios lençóis e nas páginas daquilo que descobre ser talvez o romance mais apaixonante que jamais leu, escrito num português absolutamente peculiar, revestido do encantamento do primeiro amor por uma língua recém-descoberta. O livro que Alícia daria tudo para ter escrito, que de tal maneira a fascina que nem lhe dói a constatação indiscutível de que seu próprio romance está longíssimo da genialidade. Genial é isto aqui que ela acaba de ler quando o único raio de sol que atravessa a massa de prédios da vizinhança bate na última página.

Ô dia!, um barulho infernal nos escritórios da editora!, mas o que é que deu nesse povo hoje?, e uma dificuldade enorme para ultrapassar cada uma das folhas das provas que Alícia tem de rever, nem tanto por ter passado a noite em claro e sim por causa de uma ideiazinha indecente que se insinua perfidamente por entre uma página e outra. Por que Dona Romana não publicou aquilo?, as páginas estão tão amareladas, o papel cheira a antiquíssimo mofo, a letra, embora claramente a mesma, é muito mais firme, juvenil, do que a de hoje, aquela obra já foi escrita há décadas!, será que ela ainda se lembra de que a escreveu?, por que nunca se referiu ao livro a uma amiga escritora como a própria Alícia?, vai ver que é isso, já nem se lembra ou simplesmente não lhe interessa mais, com certeza esqueceu. Também, agora seria tarde para publicá-lo, que futuro poderia ter Dona Romana, nessa idade, como escritora estreante?, já ela, Alícia... Ô meu Deus!, o que é isso Alícia?, nem por brincadeira pensar numa coisa dessas. Só por brincadeira, claro, é tão gostoso imaginar o que aconteceria se... Alícia tem certeza de seu talento mas que ainda não se desdobrou por inteiro, afinal, sem o estímulo da publicação..., furar a barreira do anonimato é tão difícil!, seria apenas um empurrãozinho, um impulso dado por uma mão amiga, afinal, ela não é a melhor, quase a única amiga de Dona Romana hoje em dia?, a velhinha já não lhe disse tantas vezes que gostaria de poder retribuir o que faz por ela?, que melhor retribuição que essa?, seria como um empréstimo, um empréstimo intelectual, que não faria mal a ninguém, pelo contrário, faria bem ao revelar ao público uma obra daquele calibre!, e apenas abriria as portas para que seu próprio gênio pudesse abrir as asas. Mas é claro que é brincadeira, Alícia está só brincando com uma possibilidade, coisa de ficcionista que não pode resistir a um exercício de imaginação, porque ela, uma mulher verdadeira como ela, jamais, jamais!, prefere morrer desconhecida do que aceitar um segundo sequer de falsa glória. Imagine, nem pensar!, só brincar com a ideia já seria uma sombra no caráter de Alícia... mas que para Dona Romana não faria a menor diferença, ah, isso não faria.

Os cadernos já voltaram há muito para sua gaveta, seu túmulo?, porque Alícia jamais faria uma coisa dessas, mas tem estado tão ocupada com Dona Romana, cada dia mais fraquinha, que deixa o dilema rolar na cabeça e nem tem energias para combatê-lo. Nestes últimos meses, desde que foi obrigada a frequentar muito mais o apartamento vizinho, duas ou três vezes viu chegar o Senhor Kafka, com quem nunca trocou mais do que cumprimentos formais embora, com esse nome, a encha de curiosidade e ela gostasse de saber mais sobre ele. Hoje, porém, o velho rabino se detém na sala, ao deixar o quarto de Dona Romana, e entrega a Alícia uma folha de papel com seu próprio nome, N. Kafka, um endereço e um número de telefone, para quando for necessário, diz ele. Alícia acompanha-o até a porta, com o coração apertado, sabendo que esta é a maneira de Kafka dizer-lhe o que ela teimava em não admitir: Dona Romana está chegando ao fim. Fica ali paralisada, no meio da sala, tentando responder alegremente à velhinha que a chama do quarto e segurar as lágrimas de tristeza que a invadem e, ô horror!, trazem consigo um cheiro de papel velho e um inominável sentimento meio parecido com alegria.

Dona Romana acaba de fechar serenamente os olhinhos, e Alícia teve a impressão de que eles lhe endereçaram um último olhar meio maroto enquanto o rabino recitava o fim de suas orações em hebraico. Foram serenos os últimos dias de Dona Romana, um apagar-se manso e sem dor, o oposto da agonia que tem vivido Alícia, torturada, dividida entre uma sincera tristeza pela partida de sua amiga e a atração maligna daquele livro inédito na gaveta secreta. Agora, sem Dona Romana, Alícia não tem mais ajuda para defender-se do sortilégio que emana daquele armário, é sob tortura que assiste ao enterro da amiga, em estado de extrema agitação que o Senhor Kafka toma por nervosismo, insistindo em acompanhá-la de volta a casa. E agora?, Alícia não se pode acalmar, não consegue comer nada, desde esta manhã que não come, dormir, nem pensar!, já não pode resistir, uma porta, o hall do elevador, outra porta, tropeça na beira do tapete e vai aos trambolhões até o armário, tremendo abre a gaveta e nela não encontra nada. É como acordar de um pesadelo, não foi com ela que aconteceu isso, nada disso aconteceu de fato, não, Alícia nunca pensou realmente em apropriar-se da obra de outra pessoa, ela, Alícia Maria Cordeiro Lobo?, nunca!, é uma pessoa verdadeira, de caráter firme e impoluto, imagine!, não ela, Alícia é antes de tudo... correta.

Após uma longuíssima noite de sono profundo e calmo, um bom café acompanhado de vários luxos que em geral não se permite, Alícia agora está pronta a fazer tranquilamente o que lhe propôs com insistência o Senhor Kafka: escolher no apartamento vizinho tudo o que quiser para si, como lembrança de sua amiga. Sente-se forte, sente-se nobre, orgulhosa de si! Nunca teria feito mesmo uma coisa daquelas! Leve e quase alegre, ainda que lhe doa a ausência da velhinha, entra na sala entulhada de velharias, abre as janelas, olha à sua volta e não vê ali nada que sugira algum feitiço, muito menos uma tentação diabólica, vai recolhendo, aqui e ali, pequenas lembranças, entre os pouquíssimos objetos que não estão trincados nem esbeiçados. Pronto, agora pode fechar esta porta para sempre, levando consigo pouco mais que apenas a lembrança simpática de Dona Romana, e reconstruir sua rotina de candidata a escritora, sabendo que, de certo modo, nada será mais como antes em sua literatura, Dona Romana a guiará como anjo inspirador e a ela cabe apenas confiar e trabalhar, trabalhar muito.

Trabalhar muito é o que Alícia tem feito ultimamente, inclusive para redimir-se dos muitos atrasos e erros que deixou passar durante seu desvario dos últimos meses de vida de Dona Romana e que quase lhe custaram o emprego. Hoje até trouxe trabalho para casa, já que ainda não está pronta para começar a pôr no papel o novo romance que se está gestando dentro dela, e vai passando distraída em direção à escada, quase dá um encontrão no porteiro que lhe estende um grosso pacote, endereçado a ela e exibindo o logotipo da mais prestigiosa casa editorial. Trabalho extra, pensa Alícia, e enfrenta os degraus com um pouco mais de peso a carregar. Larga os pacotes sobre a mesa, toma um banho, come sua refeição leve, segue mais ou menos o noticiário da televisão, apaga o aparelho quando se anuncia a novela e abre, meio distraída, o pacote que o porteiro lhe entregou. O papel pardo externo envolve dois outros pacotes de espessuras diferentes e um envelope comprido que Alícia abre com pouco interesse, retirando a cartinha formal, em papel timbrado do editor, passa-lhe os olhos em diagonal, supondo que já sabe o que diz, mas alguma coisa parece errada, há parágrafos longos demais, palavras inusitadas em simples encomendas de trabalhos de revisão, volta ao alto da página e põe-se agora a ler com um pouco mais de atenção, nada compreende, ô cansaço!, tira os óculos, esfrega os olhos, recomeça e não pode crer no que lê: o editor quer sim publicar *seu belíssimo livro*, pede-lhe que reveja a transcrição do manuscrito e que aguarde em breve uma visita para tratar do contrato. Como é possível?, seu livro?, seu livro apenas correto?, se nunca o mandou a essa editora, se as únicas duas cópias existentes estão engavetadas há anos?, transcrição de manuscrito? Revira o envelope, o papel pardo, relê o cabeçalho, está tudo destinado a ela mesma, Alícia Lobo, endereço exato, não há engano do correio nem do porteiro, volta-se para os dois pacotes menores, abre o mais grosso e reconhece imediatamente os cadernos de Dona Romana, o coração salta e ameaça parar de vez, as mãos desordenadas têm de lutar para rasgar o papel do segundo embrulho e expor, perfeitamente impressos em tipografia Garamond, um título, *Transumância*, um gênero, *romance*, o nome da autora, *Alícia Lobo* e, solitária no meio da segunda página, a singela dedicatória: *Para minha grande amiga Romana Butková, in memoriam.* Ela sabia!? Dona Romana sabia e quis castigar-me?, na memória de Alícia o meio sorriso da velhinha, que sempre lhe parecera de humor divertido, talvez de benévola ironia, transmuta-se por um átimo em sorriso de malícia, sarcástico. Jamais!, jamais Alícia se deixará assombrar por uma alma do outro mundo que a vem tentar, não!, não venderá sua alma pura e nobre. Mas não! essa não era Dona Romana, a bondade em pessoa, nada sabia dos devaneios de Alícia, nem podia saber, presa à cama, confinada ao quarto, seu romance encontrado e lido em apenas uma noite, devolvido intacto na manhã seguinte, impossível que ela tenha dado pela falta, impossível. O sorriso ressurge gentil e complacente na imaginação de Alícia dizendo-lhe agora que isto é um presente, penhor de gratidão, uma espécie de merecida herança, que o use para iniciar sua própria carreira, sim, por que não?, foi Dona Romana que assim o quis, que está pedindo que não deixe a sua obra esquecida, seria, isso sim, ingratidão recusar. Mas, de repente, o sorriso imaginário metamorfoseia-se de novo, agora é a expressão da mais profunda tristeza e decepção, ah, isto é uma prova, quer pôr-me à prova, verificar se sou mesmo digna da confiança que me concedeu e do alto conceito em que me tinha. Não!, não falharei, ficarei firme, sou honestíssima, forte como sempre fui, não posso aceitar a falsidade, mesmo que Dona Romana tenha feito isso sinceramente, por bem, mas... e se o fez com intenção maldosa?, de me deixar eternamente no dilema, ou de me fazer ceder num momento de fraqueza para depois passar a vida arrependida, remoendo o remorso e a vergonha de mim mesma, ou pior, o medo de ser descoberta?, mas então, se é assim, ela é quem merece punição, que direito têm os mortos de vir aqui perturbar e tentar os vivos?, apossar-me da obra e manter a tranquilidade não seria então um ato de justiça!, ou de mesquinhez?, igualar-me a ela, submeter-me a sabe-se lá que maldosa intenção? Alícia tonteia, gira em alta velocidade no meio do turbilhão de argumentos, sentimentos, tentações, vergonha, indignação que lhe vão dentro, toda a sua recente tranquilidade de novo perdida, perdido o rumo tão claro e nítido de sua vida, de volta o horrível dilema que a torturou por tantos meses e pensava que havia vencido definitivamente, debate-se, luta, quer sua estabilidade de volta, já quase sem forças, num último fôlego, grita vade retro, Satanás!, e Satanás simplesmente se vai... Cambaleante de sono, mas com a alma livre de qualquer vacilação, toma uma folha em branco e inicia de próprio punho, faz questão!, com sua mais bela e característica caligrafia, uma carta de resposta ao editor. *Estimado Senhor... há um engano... a verdadeira autora já muito enfraquecida... a memória... confusa... infelizmente já não está entre nós... fez-me curadora de sua obra... (apenas uma pequena mentira benigna...), favor corrigir o engano, restabelecer o nome da autora Romana Butková... à sua disposição para o prosseguimento do processo de publicação... cordialmente, Alícia Maria Cordeiro Lobo.* Pode dormir, finalmente, íntegra e segura de si, para ser desperta pela cara marota, risonha e lacrimosa de Dona Romana, que, das brumas de outro mundo, lhe diz: ô Alícia, nem tanto ao mar... Levanta-se lépida, toma uma nova folha em branco, escreve sem hesitação e insere, após a página de rosto, majestosamente solitária na folha em branco, com a trêmula caligrafia das listas de compras que ficaram esquecidas na gaveta da mesa da cozinha, a dedicatória: *Para a grande amiga Alícia Lobo, brilhante escritora cujo talento não tardará em ser reconhecido, a gratidão de Romana Butková.*

Sagui

Irene, cansada, cansada, como custa esforço não pensar em nada!, como custa afastar do pensamento a criança nos braços encarquilhados da velha naquele barraco fincado na lama, o papel amarelo com o resultado do exame, o médico falando, falando, falando, o tempo passando, passando, passando numa correria, quase todo dia já é segunda-feira, ir levar um dinheiro para a velha, ir saber se o remédio prometido chegou, pegar o pacote de camisinhas e ouvir a assistente social lhe dizer que mude de vida. Irene ri, amargo e torto, com uma banda só da boca para não deixar ver a falha dos dentes da outra banda, ainda que ninguém a veja agora, ainda que ninguém lhe olhe a cara de frente, nunca. Engraçada aquela assistente social, "deixe essa vida", está certo, eu deixo essa vida, não me importo de tudo se acabar agorinha, que essa minha vida só tem uma porta, que dá pro cemitério, mas a senhora vai tomar conta do menino e da velha? Era bom, que Irene já quase nem consegue levar dinheiro toda semana, muitos homens não querem nada com camisinha, vão procurar outra, e ela não pode fazer como Anjinha, querendo passar a doença para todo o mundo, com ódio, Irene não, não pode fazer mal a nenhum vivente, nenhum, por causa do sagui, daquele aperto na boca do estômago cada vez que lembra. Já faz tanto tempo e aconteceu tão longe, mas quando pensa no sagui a agonia é hoje e aqui. A alegria quando Simão voltou da caçada, só com duas rolinhas que nem chegavam para dar gosto à farofa d'água mas com o mico dentro do bornal, tão pequeno que Irene também tão pequena podia segurá-lo com uma mão só, sentindo o calor e o tremor do corpinho doente, ai que vontade de chorar de dó!, dias e noites cuidando dele, enrolado num trapo, encostado ao peito dela, dando-lhe água de gota em gota com o bico de uma folhinha de laranjeira, pedacinhos de fruta, o sagui cada dia melhorando, já olhando e rindo para ela feito gente, agradecido, puxando-lhe os cabelos, ai como está ficando danado esse bichinho!, não tem juízo, querendo soltar-se, voltar pro mato, pra ficar outra vez doente e morrer?, não pode, não deixo, não largava o macaquinho nem um segundo, não fosse escapar para a capoeira. Que difícil viver assim fazendo tudo com uma só mão!, a outra mão agarrando o rabo do bicho, não entregava a ninguém, com medo de traição, fossem soltar, não confiava. "Essa menina vai ficar doente, vigia que magrinha está, não come nem dorme por mor desse sagui, larga disso, Irene, solta esse bicho, dorme!" Então Simão foi para a feira e trouxe uma correntinha fina, fez uma coleirinha macia de couro de cabrito, Irene agora podia dormir, brincar de roda pegada das duas mãos, normal, trepar nas mangueiras, com o sagui seguro na ponta da corrente atada ao pulso dela, ao pé da mesa, a um tronco de goiabeira. Não sabe como foi que se descuidou, só se lembra do susto, da correria, o sagui correndo, correndo, solto no terreiro, correndo, correndo danado em volta da casa, ela correndo, correndo atrás dele, tanto, tanto que já não podia respirar, zonza, zzzonza, zzzzzzonza, a correntinha solta serpenteando à sua frente, um último impulso, a correntinha ao alcance do pé, o salto, o pé de Irene pisando a corrente, o tranco da coleira no pescocinho fino, enforcando, o corpinho peludo arrefecendo entre as mãos dela, os olhos dele pedindo-lhe socorro, apagando-se, a dor de Irene, a culpa, a culpa dela que nunca mais passou, já faz tanto tempo!, até hoje... Para de pensar, mulher, pensa nada, pensa vazio como essa rua, pensa nos cotovelos doendo de estar assim apoiados na beira da janela, estou tão magra!, é da doença... Afasta-se da janela, atravessa o quarto, as tábuas bambas do assoalho, qualquer dia esse chão afunda e a terra me engole, o saguão vazio, ninguém, não há clientes, comeram e beberam demais, estão dormindo em seus esconderijos em algum lugar dessa imensa cidade abandonada, domingo à tarde tudo dorme, as outras mulheres todas dormem, só Irene não pode, espera a sorte de aparecer algum freguês, quem sabe, alguma coisa, amanhã é segunda-feira, o menino e a velha, arrasta os pés pelo chão de mármore encardido até a porta carcomida do casarão antes senhorial, depois cortiço, puteiro hoje, olha outra vez o mormaço da rua, tontura, apoia-se no portal e quando abre de novo os olhos vê o homem, vindo em sua direção, reanima-se, volta para o quarto para debruçar-se à janela, é mais romântico, eles gostam, abre a gaveta do criado-mudo em busca da camisinha... já não há nenhuma, como é que eu nem tinha visto? ah! que importa?, um só, só uma vez, só essa vez... não, nem hoje, nem uma vez. Irene fecha a janela, tranca a porta do quarto, deita-se no escuro mas não dorme, abraça de novo o sagui vivo nos braços magros.

Modo de apanhar pássaros à mão

"Deite-se meio quartilho de aguardente em dois quartilhos de trigo, juntem-se-lhe cinco gramas (noventa grãos) de coca-do-levante em pó, mexa-se tudo bem; passado um quarto de hora, tire-se o trigo e seque-se. Para se apanharem os pássaros lance-se deste trigo, assim preparado, nos lugares onde possa ser comido por eles, que depois de o comerem cairão atordoados, dando assim lugar a serem apanhados à mão."

Jerónimo Cortês, *Lunário Perpétuo.*

Agora Íbis está aqui secretamente entregue totalmente entregue na minha cama com uma noite quase inteira pela frente e sem nenhuma possibilidade de que alguém interfira no curso natural das coisas será tudo como sonhei desde que esse desejo tornou-se o único afastando qualquer outra fantasia qualquer outro querer desde que vi Íbis pela primeira vez e minha mão se estende leve e firme ajeita melhor com um ligeiro toque uma das dobras do lençol de seda encobre revelando esta esplêndida nudez foi preciso ajudá-la a despir-se estava um pouco tonta mas ela consentiu claramente consentiu consentiu queria também foi a bênção a consagração esse consentimento o desejo dela a entrega porque eu não quero só o corpo só a luz a cor a maciez o calor do corpo quero a alma de Íbis a alma que se entrevê agora que ela entreabre os olhos e sorri os lábios formando um silencioso "vem!" mas não não! volto a sentar-me na poltrona imóvel meditativo não é a hora qualquer precipitação estragaria tudo tenho de conter-me não acender nenhuma lâmpada atenta e pacientemente contemplá-la oscilante entre a vigília e o sono a silhueta nítida recortada contra a janela baixa fracamente iluminada pela luz do poste que o teto branco rebate apenas o suficiente para que eu a possa vislumbrar não quero tentativas repetições nada de ensaios e erros há de ser um ato único perfeito absoluto coisa de mestre supremo que encontrou a musa definitiva quando tudo estiver exatamente como imaginei na hora certa por isso permaneço imóvel concentrado olhos fixos nela acompanhando as mínimas variações da luz que para outros olhos seriam imperceptíveis não me importa esperar o quanto for preciso a aquiescência dela afinal abençoou o difícil e perigoso caminho que tive de tomar para trazê-la até aqui respiro fundo calmo e seguro de mim meu verdadeiro eu reemergindo do caos sentimental em que quase soçobrou nos últimos tempos.

Vê-la como a vi pela primeira vez através das minhas grossas lentes foi como atingir um ponto de não retorno a partir do qual eu minha vida e o universo tornamo-nos inteiramente outros centrados em Íbis no fascínio na saudade no desejo na imagem de Íbis vê-la podia à vontade até por necessidade profissional estava sempre à volta dela e ela sempre disposta a ser olhada expondo-se exibindo-se fazendo pose mas era uma via de mão única porque ela jamais me via ignorava absolutamente o homem escondido atrás daqueles vidros eu tinha a certeza de que se pudesse falar-lhe ao pé do ouvido olhos nos olhos sem as lentes pelo meio dar-me a conhecer e ao meu desejo revelar-lhe minha obsessão tinha certeza de que ela me aceitaria que viria que me deixaria amá-la a meu modo porque meu modo é único criativo total ela o saberia reconhecer mas jamais conseguia dizer-lhe sequer uma palavra a qualquer tentativa de aproximação de apresentar-me falar-lhe de alguma coisa ela simplesmente rodopiava nos saltos altíssimos virava as costas e tomava outro rumo deixando-me plantado com a mão detida no ar o gesto interrompido a boca aberta a palavra truncada humilhado inexistente uma coisinha qualquer um nada meses foram meses disso mais do que qualquer ser humano comum poderia aguentar um martírio uma tortura um ordálio ao qual porém a paixão resistiu inquebrantável dizer-lhe tudo passou a ser meu objetivo permanente tentei todos os modos de conseguir atenção vestir-me espalhafatosamente atirar-me feito doido no caminho dela quase a derrubando ao chão simulando desmaios no final da passarela por onde ela vinha desfilando e outros muitos gestos tresloucados e inúteis e pensei que a direção dos ventos do destino tinha mudado quando uma amiga dela me pediu um favor e pus como condição que ela me apresentasse a Íbis a promessa cumpriu-se mas eu adquiri apenas o direito de sentar-me à mesma mesa que ela de dizer-lhe "Oi, Íbis" ouvir uma resposta maquinal "Oi, meu querido, você por aqui..." sofrer ainda mais tendo-a ali parecendo tão perto mas de fato distante e surda como uma galáxia distraída olhando através de mim como se eu fosse uma lâmina de vidro mudando de assunto dirigindo-se a outra pessoa qualquer assim que eu tirava os óculos e balbuciava as três primeiras palavras desesperado pensando em cometer um desatino pôr fim àquilo tudo estava perdendo a agudeza do olhar a firmeza das mãos o controle da respiração andava derrubando tudo à minha volta capricho da sorte estava escrito nas estrelas um dia desses derrubei uns livros velhos relíquias de família que nunca havia lido e conservava só como decoração abaixei-me para recolhê-los dei com os olhos numa página aberta *Modo de se apanhar pássaros com as mãos* pássaros íbis pássaros o livro era do século XVIII a linguagem estranha mas a ideia era clara a receita era simples trigo embebido em aguardente e coca-do-levante o pássaro comia tonteava e se deixava apanhar facilmente trigo não era o caso seria melhor bombons de chocolate ela adorava chocolate um licor fino no lugar da aguardente mas coca-do-levante? o que era coca-do-levante? devia ser o ingrediente fundamental e se não fazia mal aos pássaros era certo que não faria mal a Íbis a prudência mandava ater-me à tal coca-do-levante levante? oriente sol nascente não podia ser a outra coca que era sem dúvida do ocidente ou de pra cá do ocidente sei lá impossível porém achar aquilo revirei dicionários e enciclopédias fui à botica Ao Veado de Ouro aos herbanários da praça João Mendes aos laboratórios de botânica e farmacologia da USP ao Instituto Butantã ai que longo périplo de amor *labour of love* desencantei na Biblioteca Municipal todos os velhos tratados sobre narcóticos e venenos sobre drogas das Índias e dos sertões a farmacopeia universal antiga e moderna e a única notícia que encontrei sobre a coca-do-levante foi de que respondia pelo doce nome de *Anamirta cocculus* de inevitável sugestão erótica e era nativa da Índia à Nova Guiné mas nada descobri sobre como encontrá-la em desespero de causa acabei por decidir-me a tentar outra coisa apesar dos riscos havia de ser algo raro especial e garantidamente eficaz revi minhas pesquisas e escolhi o absinto feito da bela *Artemisia absinthium* proibido atraente inebriante de sabor capcioso então foi fácil fácil muito mais do que eu imaginara achar o contrabandista a bebida verde bela romântica meio assustadora descobrir Dona Maria das Dores que sabia fazer bombons finíssimos e exigiu chocolate da melhor qualidade fez centenas deles perfeitamente acondicionados em caixas elegantes mais fácil eu em transe numa noite com medo e exaltação paciência concentração e uma seringa de injeção enchê-los todos de absinto *labour of love* prová-los um dois três amargor e doçura delícia cruz e delícia *croce e delizia* sentir-me tranquilo e generoso tonto e lúcido e tudo à minha volta melhor mais bonito e levemente esverdeado tive certeza de que funcionaria estava escrito nas estrelas cantei cantei com aquela voz lá nas alturas ...estava escrito nas estreeelas... e daí em diante ainda mais fácil levar sempre algumas caixinhas de bombons na maleta que não largo nunca e distribuí-las estrategicamente onde poderiam ser comidos por ela e atocaiá-la pronto a apanhá-la com as mãos quando ela desarmada pelo absinto me ouvisse a confissão e cedesse como eu sabia eu sabia que cederia ...estava escrito nas estreeelas... agora ela está aqui só para mim com a necessária dose de sete bombons seguidos para conseguir o efeito desejado que tardou tanto porque ela nunca passava de dois ou três com medo de engordar mas ...estava escrito nas estreeelas... agora ela está aqui e eu só espero o momento perfeito espero espero o tempo que for preciso um tempo imensurável de lentíssimas e gradativas mudanças na intensidade na direção nos matizes da luz espero espero e agora enfim vai acontecer acontece ...estava escrito nas estreeelas... o primeiro raio de sol enviesado penetra o quarto como uma flecha explode na parede lança estilhaços de luz em todas as direções e reveste de feéricos reflexos e sombras a mulher na cama minha inteiramente minha sem defesa inerme e bela inteira é agora tenso tenso agarro firmemente a máquina armo o bote aponto o canhão negro miro com precisão disparo Íbis apenas estremece e volta logo à posição de repouso e abandono perfeição perfeição! ...estava escrito nas estreeelas... dorme tranquila minha amada se queres o sono eterno que me retiro nas pontas dos pés deixo o caminho livre entreaberta a porta do estúdio e eu absolutamente feliz tranco-me na minha câmara escura para revelar a tua alma.

Desejo

Eu vou, filhinha, por você vou até o fim do mundo achar romã, disse que não ia porque estava quase morto, rodando São Paulo nesta moto desde as quatro e meia da manhã, chegando em casa, Jardim Nordeste, voltar pro Centro a essa hora!, aí outro querendo me fechar!, pô!, ô seu... para, Carlinhos, esquece, corre, voa, hoje não, amanhã, qualquer dia, morre motoboy todo dia, hoje não é o meu dia, não pode ser, ou pode?, ontem foi o Rui, anteontem o Cascalho aqui nessa desgraça de Radial Leste, quando chegar meu dia vai ser aqui mesmo, pressentimento que eu tenho, uau!, Carlinhos, olha a brecha, voa!, não é medo não, pressentimento, mas hoje não tem pressentimento que é atraso, vai lá, pelo corredor da morte, adrenalina, meu!, hoje é o dia da minha filha, de viver!, você não é doido, Carlinhos, deixar sua filha nascer com cara de romã!, nem sei como é romã, nunca vi, esse povo da Paraíba vive querendo o que não tem aqui, Gracinha não podia ter desejo de maçã, pera, laranja, banana, ou até galinha de cabidela, que eu sei o que é?, sei lá!, tanta coisa pra desejar, vai inventar logo uma fruta que eu nem conheço!, já estou aqui, agora é correr sem medo que a sogra disse que é perigoso abortar, Deus me proteja!, isso minha Mãe Aparecida não vai deixar, não é, santinha?, ou periga da menina nascer com a boca aberta, com cara de romã, sei lá!, será que não é aquela frutona verde, com uns bicos pretos pela casca, que o tio dela trouxe de lá?, meu Deus!, minha filha com aquela cara?, já imaginou minha filha nascer com cara de romã?, e eu acredito nisso?, não acredito, mas a sogra, aquela mulher sabe coisas... pô!, a saída!, preso aqui no meio, saio agora ou nunca mais chego no Mercado Central, vai, Carlinhos, acelera que dá!, lá tem de tudo, s'embora, concentra, voa, tira esse farol alto, ô cara!, pô!, e eu hoje moído de rodar São Paulo inteira, se pudesse dar o número do celular da firma a sogra ligava e eu já tinha achado essa droga de romã!, pra lá, Mercado Central, quase, ei, bróder, segura essa moto aqui pra mim, meu irmão, um minuto só, pelo amor de Deus, questão de vida ou morte!, tem romã aí?, romã?, tem romã?, olhar, como?, se eu nunca vi romã na vida?, não?, largo da Concórdia?, putamerda!, minha filha com cara de romã, de jeito nenhum, filhinha, seu pai não vai fazer isso com você, vai achar o raio da fruta, Senador Queiroz, vai, Carlinhos, Rangel Pestana, tem romã? romã?, sabe onde é que tem romã?, Pinheiros?, caraca, longe paca!, tem certeza?, jura?, que rua?, com esse trânsito?, qualquer caminho, Carlinhos, aguenta, é sua filha, é sua Gracinha, viaduto, túnel, medo não, espera que dá tempo, Gracinha, amorzinho, flor de romã, e romã tem flor, se dá fruta, tem, Gracinha, espera, minha flor que vai dar fruto, vai ser linda, minha filha, não vai ter cara de romã, não, praça Roosevelt, Consolação, me ajuda Mãe do Céu!, Rebouças, pra Pinheiros, rua Capote Valente, ei, meu!, onde é a maternidade?, sei lá, a que tem romã perto, não interessa, uma maternidade, Artur o quê?, é essa, cadê?, maternidade, ali, ei, bróder, porteiro, por favor, onde vende romã?, o quê?, essa planta aí é romã? um pé disso vivo em São Paulo?, no meio do cimento?, vejo nada, no escuro, nem conheço, por favor, chega aqui, abre essa grade, dá uma romã que eu tiro a moto, louco não, é minha mulher grávida com desejo, só quero uma romã, uma só, é romã?, tem certeza, cara, jura que é?, é esta fruta, se abrindo toda, cheia de pedra preciosa, linda desse jeito?, romã? já imaginou, meu irmão, minha filha nascer linda assim como romã, no cimento de São Paulo!?

Lamento para harpa e tuba

Abracei Tio Tenente com força e não pude mais conter-me quando ele murmurou ao meu ouvido: "Ai, minha filha, minha filha, apagou-se a luz da minha vida". Fugi do cemitério, quase correndo, espantada e meio envergonhada da violência dos meus soluços, da abundância das lágrimas que escorriam sob os óculos escuros. Deixei passar um ônibus que me servia. Chorava ainda, seria uma profanação meter-me então naquela coisa prosaica, chocalhante e barulhenta. Fui caminhando sob as árvores da avenida e deixei que lembranças quase inteiramente apagadas, de um mundo já longínquo, viessem à tona e retomassem cores.

Como é possível que Tia Lucinda, que jamais quis e nem soube entristecer ninguém, tenha morrido assim, antes de Tio Tenente, deixando-o tão sozinho e desolado? Esperou por tanto tempo que ele lhe aparecesse na vida, por que não podia esperar também que ele se fosse? Não sei por quê, acho que isso é que seria o certo e não o que aconteceu.

Com certeza ela sofreria também, se ele morresse primeiro, mas ela tinha uma espécie de imunidade que a defendia de toda sorte de mal.

Deve ser tudo fantasia minha, essa ideia de imunidade de Tia Lucinda, que me ficou do tempo em que éramos as suas queridinhas, eu e Mariana, minha prima-gêmea, nascida no mesmo dia que eu, minha inseparável, apesar de irmos a colégios diferentes porque, juntas, éramos insuportáveis. Tia Lucinda não achava, esperava alegre os fins de semana, quando nos despejavam no casarão de meus avós, à beira-mar, junto com um bando de irmãos e primos, para que nossos pais pudessem respirar. A felicidade daqueles sábados!

Mal tomávamos a bênção dos avós, com um beijo distraído, subíamos correndo para o quarto de Tia Lucinda, que nos esperava cheia de surpresinhas, presentinhos, rebuçados... por que será que não existem mais rebuçados, daqueles enormes e escuros que vinham envoltos num papel branco com um retrato azul de Camões a bico de pena e demoravam horas para derreter na boca?

O grande quarto de Tia Lucinda, na esquina da casa, tinha uma janela enorme dando para a praia e outra voltada para a rua, sempre ensolarado ou transformado em observatório privilegiado para se apreciar, através das vidraças, a fúria do mar nas tempestades e rir dos que corriam pela rua, encharcados, atrás dos guarda-chuvas arrebatados pela ventania. Dentro daquelas quatro paredes havia um reino de fadas, dizíamos, com coisas que só ali havíamos visto: uma penteadeira fantástica, que Tia Lucinda chamava de psichê, com o enorme espelho oval cercado de anjinhos dourados, gordinhos, cada um diferente do outro. Sobre o tampo de mármore rosado do psichê, misturavam-se uma infinidade de frascos de perfume das formas mais estranhas, batons e caixinhas de ruge, com que podíamos pintar-nos, aquelas caixas de porcelana para o pó de arroz, com tampas que eram bibelôs de damas antigas em poses lânguidas e saias de mil babados de tule, cofres com bailarinas rodopiando sobre espelhos, cheios de broches, pulseiras, anéis, colares que ela nos deixava revirar e experimentar o quanto quiséssemos. Felizes, acreditávamos que era tudo ouro e pedras preciosas, um tesouro riquíssimo em nossas mãos. Só no quarto de Tia Lucinda podíamos nós, pobres injustiçadas no mundo dos grandes, mexer nas coisas e vê-las à vontade com os olhinhos invisíveis que tínhamos nas pontas dos dedos, abrir a pilha de caixas redondas com aqueles chapéus engraçadíssimos, o de Viena, os de Paris, o de Berlim, o de Veneza, aquele que tinha a cabecinha de um bicho com olhos de vidro, os de plumas, os de flores, os de frutinhas que mordíamos levemente para ver se eram de verdade, os de palha italiana... meter-nos nos vestidos de baile, abundância de vidrilhos e miçangas e franjas de seda, nas fantasias de carnavais de outros tempos com confetes desbotados perdidos nas dobras... distrair-nos com bonecas do mundo inteiro, livros de histórias em francês e alemão, brinquedos de corda e, instalada num canto, flamejante, a harpa dourada, igualzinha às dos anjos dos santinhos que nos davam no colégio. Tia Lucinda tocava harpa, desde menina, coisa que me parecia inteiramente natural já que mamãe vivia dizendo "Lucinda é um anjo, um verdadeiro anjo" e nós mesmas experimentávamos a verdade dessa afirmação pela inesgotável e sorridente paciência que ela tinha conosco.

Mesmo nas tardes em que soprava o noroeste, quando até os adultos punham-se inquietos como as crianças, queixavam-se do calor, suavam e maldiziam o tempo e nós encapetávamos de vez, excitados pela ventania quente, a folharada esvoaçando até acima dos telhados, o céu escurecendo num segundo e queríamos correr pela rua contra o vento para receber na cara as primeiras gotas da grossa chuvarada que já vinha, Tia Lucinda permanecia tranquila e fresca, sorridente, com aquele seu ar sempre tão limpinho de quem acaba de sair do banho. Vestia-se sempre com blusinhas de cambraia, bordadas a ponto de sombra ou enfeitadas com muitas camadas de rendinhas e nervuras, brancas ou em leves tons pastel, como que meio desbotadas, que a faziam tão parecida com as bonecas e gravuras antigas que havia em seu quarto. Usava camafeus cor-de-rosa no decote e um cachinho colado na testa que chamavam pega-rapaz.

Tia Lucinda era nossa cúmplice, meio inocente e inteiramente fiel: tinha sempre um vidrinho de bicarbonato para apagar de nossas línguas os roxos indícios do pecado de comer jambolões esmagados, catados na rua, que nos encheriam de horríveis lombrigas e resultariam no ainda mais horrível castigo de não ir na semana seguinte à casa de meu avô, por desobedientes que éramos; para nós, tirava de seus insondáveis tesouros pedacinhos deslumbrantes de papel de presente, fitilhos vermelhos e dourados e lindas caixinhas de papelão pintado que nós, malvadas, enchíamos de cocô de gato, embrulhávamos caprichosamente, deixávamos bem no meio da calçada, matando-nos de rir, por trás da cerca viva do jardim, da cara de susto e nojo dos incautos que as abriam iludidos; dava-nos quinhentos réis para chuparmos, fora de hora, aquele picolé de origem suspeitíssima, vermelho e deliciosamente proibido; deu-nos num Natal, a Mariana e a mim, a bola de capão tão desejada, que ninguém mais nos daria porque era muito feio menina jogar futebol; para que nos deixassem ir sozinhas à praia, nosso anjo da guarda prometia vigiar-nos da janela do quarto mas jamais contou a ninguém que, em vez de banho de mar e castelinhos de areia, corríamos atrás de uma bola, soltas e felizes, com moleques negros que nos ensinavam a driblar o adversário com arte e malandragem.

Nós, tão mazinhas, gostávamos de cochichar pelos cantos: "Tia Lucinda é solteirona..." e rir, rir daquela palavra que já nos tinham mil vezes proibido de repetir. Tratavam de convencer-nos de que Tia Lucinda era ainda muito moça e aludiam vagamente a um futuro casamento. Para nós tinha que ser velhíííííssima, irmã de vovô, imagine... ao mesmo tempo, achávamos natural que quando diziam "as meninas" se incluísse Tia Lucinda. Ela brincava comigo e Mariana como se fosse uma de nós, fazia roupinhas para as bonecas de louça de ar tão antigo que guardava em seus armários e que nos encantavam. Nós é que, antes dela, nos cansávamos das bonecas e corríamos feito doidas para a praia, descalças e descabeladas, querendo avidamente aproveitar o pouco tempo que nos restava na vida, sabíamos, para fazer coisas de menino: assobiar, chutar bola, passar rasteira, empinar papagaio, jogar bola de gude, pular sela, plantar bananeira, pescar siris... Sabíamos que, cada dia um pouquinho, nos íamos tornando, inevitavelmente, mocinhas a quem quase tudo seria proibido.

De repente eu soube que música era aquela que volteava em minha cabeça desde que vi Tio Tenente tão profundamente triste e digno, com seu ar sempre solene, junto ao caixão de Tia Lucinda: era a marcha grave e lenta que a banda de música tocava invariavelmente, ano após ano, na procissão de minha avó. O que para nós era a grande procissão de vovó de fato era um evento sem significado litúrgico claro, um simples antecedente da procissão do Encontro, que consistia em conduzir a imagem do Senhor dos Passos, escondida sob pesada lona, da igreja onde morava durante o ano, junto com sua mãe Senhora das Dores, à outra igreja mais distante, para que se pudesse realizar, na Sexta-Feira Santa, o comovente encontro entre o Filho e a Mãe, a meio caminho. Para nós, porém, era um momento importantíssimo da Quaresma, desde que uma remota tataravó achara de fazer uma promessa que obrigava todos os seus descendentes a acompanhá-la, *per omnia saecula saeculorum*, dizia Tio Otávio, que foi seminarista e adorava falar latim. Vovó, ciosa herdeira e guardiã da promessa, não admitia deserções e todos os que já fossem capazes de andar sobre duas pernas nem pensavam em faltar. Para nós era uma festa encontrar os primos do interior e os do Mato Grosso, ficar acordadas, na rua, até tarde da noite, ver bem de pertinho a banda de música, atravessar as misteriosas ruas do vertiginoso comércio do café, proibidas durante o dia e o resto do ano para mulheres de família.

Foi numa das procissões de minha avó que Tio Tenente entrou na vida de Tia Lucinda. Como sempre, iam na frente os homens da Irmandade, com suas opas roxas, carregando a cruz e as lanternas de prata, em seguida o vulto meio amedrontante do Senhor dos Passos envolto em lona e, depois dele, as sucessivas gerações de devotos, cada uma à sua maneira: primeiro minha avó e outras velhinhas como ela, portadoras de promessas semelhantes, solenes e compungidas, vestidas de preto com suas mantilhas de renda e terços de madrepérola, seguidas de perto pelos maridos de terno escuro e cabeça baixa; depois nossos pais e tios que alternavam uma que outra reza com a troca de notícias da família; em seguida nossos primos adolescentes, francamente mais interessados neles mesmos do que em Deus, e por fim nós, a criançada, aos saltos em volta da banda de música que fechava a procissão. Mariana e eu, desenfreadas, corríamos para trás e para a frente, ao lado da banda, com Tia Lucinda atrás de nós, atordoada mas imbuída da responsabilidade de vigiar-nos. Mais do que tudo, divertia-nos provocar o tocador de tuba, imitando-o com as bochechas infladas, comportando-nos como duas palhaças, tentando por todos os modos fazê-lo rir e perder o compasso. O músico, porém, elegante e marcial, com seus grandes bigodes grisalhos e retorcidos, seguia firme e impassível, sem perder o rumo nem o ritmo, com uma luz de riso nos olhos. Foi então que Tia Lucinda escorregou naquele bendito papel melado de picolé.

Com clareza quase miraculosa, como se a estivesse vivendo agora mesmo, revejo a cena: Tia Lucinda, meio trêmula, equilibrando-se numa perna só, apoiando-se com a ponta de um dedo no braço engalanado do militar: "Ah, obrigada, capitão, não é preciso... não foi nada...", "Como não, minha senhora...", "Senhorita...", "Oh, perdão, senhorita, posso muito bem acompanhá-la, tome meu braço, se não se importa", "Ah, que gentileza, capitão...", "Sargento, senhorita... logo, logo tenente, quando me reformar...", "Mas... e a banda, a tuba...?", "Oh, que importa uma tuba diante de um pé torcido! É tão doloroso..." Olhavam-se, sorriam, não nos viam pulando à sua volta, ele empertigado e solícito, ela oscilando, hesitante. Finalmente Tia Lucinda inclinou graciosamente a cabeça, enlaçou o braço no dele e foi-se, mal tocando o chão com a ponta do pé inchado. Nós, sempre rindo, rindo como loucas, fomos atrás, macaqueando, imitando-a que manquitolava, zombando dele com sua tuba, pum, pum, pum. Não éramos capazes de saber, naquele tempo, que havíamos assistido ao momento único do nascimento de um grande amor.

O homem invisível

Distraí-me um longo tempo olhando a menina de não mais que treze anos, blusinha e minissaia das mais econômicas em matéria de pano, pegada num beijo sem limites e sem fim com um garoto pouco mais velho, bem no meio do saguão do shopping, ostensivamente, à vista de quem se dispusesse a olhar. Será que amanhã ela ainda se lembrará deste beijo? Tive uma certa pena da garota e fui longe, aos meus próprios treze anos, muito longe no tempo e no espaço. Com certeza, aquele tipo de emoção que me nasceu há sessenta anos e ainda posso recuperar agora mesmo dentre as dobras da memória, com aquela intensidade, talvez ela nunca tenha tido. Porque, para sentir aquilo, era preciso a invisibilidade, o segredo, o mistério, as longas manobras preparatórias para um momento fugaz e simplíssimo de alta voltagem emocional.

Era o meu primeiro namorado, namorado mesmo, declarado, ele, tremendo, com a voz sumida, quase inaudível, amplificada apenas pelo meu desejo, já tinha pedido para namorar e eu, mais por gesto que pela fala, já tinha dito que sim, mas ainda não tínhamos passado pela prova de fogo do toque. Ali, no portão da casa de meu avô, à vista de todos, era impossível. Ele ainda não tinha podido pegar na minha mão e nem eu queria, assim, escancaradamente. Não queria que mangassem de nós, que fossem mexericar com minha avó, que profanassem o mistério do que estava me acontecendo. Não. Assim não. Teria que ser uma experiência invisível para os outros, e só havia um lugar e uma situação em que seria possível que nos déssemos as mãos sem que ninguém mais visse. O cinema, claro. Teria que ser no cinema, mas sem olhos bisbilhoteiros ao lado, sem irmãs, primas, vizinhas vigiando, loucas para pegar um flagrante. Coisa impensável conseguir ir ao cinema sem elas. Semanas de agonia, de inventos mirabolantes para chegar ao momento tão desejado, a imaginação fervendo, o coração sofrendo, as férias quase acabando e eu sem achar saída. Todas as tardes lá íamos nós, em bando, para o cinema Pathé, ver o seriado do Homem Invisível, que eu não via mesmo, cega pela aflição de saber que ele ali estava, sua mão a poucos centímetros da minha, desejando o mesmo que eu, e uma prima sempre ao meu lado, que tampouco via o Homem Invisível porque não desgrudava os olhos de meu colo, tentando ver por ali, entre as duas poltronas, o excitante acontecimento do encontro das mãos. Impossível, nem tentar. E se ele não passasse na prova? e se a mão dele fosse fria e suada? ou muito áspera, desagradável? e se apertasse demais a minha mão, ou se, pelo contrário, fosse mole, frouxa? O que eu diria depois às fofoqueiras todas quando a notícia se espalhasse? Eu resistia, mas não desistia. Nem ele.

Sofremos, esperamos, ansiamos até que, a dois dias do fim das férias, meu irmão, meu insuportável irmãozinho de sete anos me ofereceu a solução. Recusava-se a tomar o xarope para a asma, responsabilidade minha fazê-lo tomar os remédios direitinho e atendê-lo quando acordava com uma crise no meio da noite. Tinha de fazê-lo obedecer e então ocorreu-me a ideia luminosa da chantagem: "Se você tomar o xarope agora, amanhã eu te levo pra ver o Homem Invisível no cinema". Ele tomou e, no dia seguinte, cobrou. Custei um pouco a convencer vovó de que sim, ele podia ir comigo ao cinema.

Fomos. E parecia um sonho: eu ali, no escuro, invisível, meu namorado à esquerda, e meu irmãozinho do outro lado, um anteparo impedindo os olhos alheios de ver o que se passava do lado de cá, um biombo vivo que se mexia o tempo todo, saltando na cadeira, gritando excitado, olhos pregados no Homem Invisível, inteiramente desinteressado de quaisquer mãos, salvo as dele mesmo, agarradas ao saco de pipoca. Ah, a alegria das mãos se encontrando! A mão dele era quente e seca porém macia, maior que a minha, acolhedora, acariciante, pressionando a minha mão na medida certa. Ah, a felicidade das cartas que se seguiram àquele verão!

A princesa de Troia

Sentimento forte, arrasador? Eu? Tive sim, uma vez, ódio. Foi ódio, puro ódio, aquela coisa horrível, horrível, que me estreitava o peito, que me escurecia e secava os olhos e enrouquecia a minha voz, o ódio que senti por meu irmão desde aquele dia, vontade de feri-lo, matá-lo até. Podia tê-lo odiado há muito mais tempo, que ele me odiou desde antes que eu nascesse. Mas eu não sabia, eu não sabia de nada, eu estava protegido e depois distraído demais para dar-me conta. Meu irmão matou Polixena, minha Polixena, só minha, meu irmão destruiu sem piedade o riso escancarado de Polixena, as pernas e os braços fortes, os peitos generosos, aquele vasto ventre negro e aquelas histórias sem fim que ainda protegiam o recanto mais quente e seguro de meu coração.

Contava-me histórias pavorosas, que me faziam estremecer e me arrepiar de medo delicioso. Dizia "este daqui educo eu" e me educava: contava as coisas más que fazia quando era criança, os castigos terríveis que isso acarretava e como foi que não morreu de tão cruéis punições só porque Iemanjá, sua madrinha, estava sempre vigilante para salvá-la. Para sossegar-me e me fazer dormir, garantia que eu também era filho de Iemanjá, pois então, eu não nasci no dia da Senhora da Conceição, ela e Iemanjá não são a mesminha?, eu rezava três *ave-marias* a Nossa Senhora-Iemanjá e adormecia tranquilo. Meu pai ria e a chamava Princesa de Troia Chamuscada. Polixena era só minha, porque meu irmão, seis anos mais velho do que eu, não precisava mais de babá.

Ela dizia que sua mãe, Maria Angola, era africana da gema, tinha sido escrava, e meu pai garantia que era mentira, que não podia ser, bastava fazer as contas, mas para mim era verdade indubitável, como tudo o que Polixena me contava, porque muito mais bela e emocionante do que as verdades históricas de papai. Maria Angola, na versão de minha babá, foi herdada pela espanhola Dona Amparo, era belíssima e alegre, fazia qualquer coisa para alegrar a qualquer um e foi por isso que ela própria, Polixena, simplesmente nasceu. Para mim a explicação era clara como um dia de sol. Dona Amparo tomou-se de amores pela crioulinha Polixena e praticamente a adotou, quando o marido dela e Maria Angola desapareceram, por coincidência, ambos no mesmo dia. O marido da espanhola sumiu, mas o armazém de secos e molhados ficou e Polixena, apesar de seus pecados e dos castigos impiedosos que me contava, dizia que teve uma boa vida até a morte da benfeitora, quando teve de virar babá de menino branco.

Mamãe vivia aborrecida com ela, sobretudo quando abria a sala de visitas, recebia suas amigas para o chá e Polixena, sem nenhuma cerimônia, achava de atravessar o hall jogando-me para o alto e recolhendo-me nos braços, ambos às gargalhadas, estridentes as minhas, as dela estrondosas, oceânicas. Mamãe então, constrangida, dizia às visitas que aquela negra escandalosa não ficaria mais conosco, era só questão de arranjar uma boa substituta. Ofereciam-lhe excelentes babás portuguesas mas mamãe, racista e ilógica, acabava por dizer "não gosto de empregada branca... tenho nojo" e Polixena ia ficando, para minha alegria.

Eu era imensamente feliz. Não sabia a razão do bom humor permanente de meu pai nem a razão dos olhos lânguidos e melancólicos de minha mãe, centro de todos os elogios à sua beleza, e nem precisava saber. Eu era feliz, meu pai era brincalhão e generoso, minha mãe era bonita, carinhosa e paciente, e Polixena me defendia de meu irmão. Eu pensava que todos os irmãos eram daquele jeito e tinha medo dele mas não achava que suas pequenas crueldades cotidianas fossem excessivas quando as comparava com as terríveis torturas que Polixena sofrera quando criança.

Um dia, ela não veio me acordar fazendo cócegas como todos os dias. Procurei pela casa toda, corri para o quarto no fundo do quintal e lá já não havia mais nada de seu. Era dia oito de dezembro, meu sexto aniversário, e ela tinha prometido me levar à praia para ganhar um presente de minha madrinha Iemanjá. Fiquei desesperado. Polixena simplesmente sumiu da minha vida. Meu pai consolou-me dizendo que Iemanjá levara a babá para seu castelo no fundo do mar porque ela era uma princesa e lugar de princesa é em castelo, quem sabe, um dia voltava para me visitar. Minha mãe calou-se e meu irmão por vários dias olhava-me com maldade e ria com escárnio das minhas lágrimas e queixas.

Cresci, a lembrança de Polixena misturou-se com outras histórias de princesas, dragões, castelos e mistérios, que ficaram guardadas, envoltas em algodão num canto da memória, enquanto eu entrava no mundo imediato da adolescência com seus prementes desejos, medos, sensações e descobertas, mas, de algum modo, eu sabia que Polixena estava no centro daquele sentimento de privilégio e proteção com que eu atravessava a vida. Eu gostava das meninas e elas de mim, a namorada do momento consolou-me quando meu pai morreu, eu quase não via meu irmão e nem sentia sua falta, sentia-me amado, tivera um pai perfeito, tinha uma mãe linda e amorosa, eu era feliz. Meu irmão era infeliz.

Na verdade, nada acontecera, ou quase nada. Eu nem sabia que meu irmão era louco por Marina, e jamais imaginei que Marina, mais velha do que eu, linda e assediada, se interessasse por mim, até o dia do casamento de Renato. Fui para a festa eufórico, tinha acabado de saber que entrara na faculdade, minha vida era uma avenida ampla e ensolarada estendendo-se a perder de vista para o passado e para o futuro. Quando se dispersou o grupo dos que me felicitavam pelo sucesso no vestibular, Marina ficou, puxou conversa, apoiava-se no meu ombro, queixando-se do salto alto demais, não tirava os olhos de mim, pegou um doce na bandeja de prata e pôs na minha boca e eu, meio engasgado pela surpresa, vi então o olhar tenebroso de meu irmão vindo em minha direção. Meu irmão agarrou meu braço, levou-me quase arrastado e ainda tossindo até o jardim, sacudia-me com fúria: "Desgraçado, pensa que eu não sei o que você está fazendo?, você se afaste da Marina, senão eu te mato, eu te mato, está entendendo?, você sempre quis tomar o que era meu, mas a Marina não, você não vai tomar, quem você pensa que é?, o bonitinho, o queridinho da mamãe, o que tem direito a tudo?, você é um idiota, um cretino, não sabe de nada, nunca entendeu nada, acreditando em todas as mentiras da família, seu besta!, seu bosta!, achando que papai era o máximo!, o máximo do safado é o que ele era, sempre pulando a cerca, andando por aí com qualquer puta, pegando doença venérea e passando para mamãe, ou você pensa que a famosa melancolia de mamãe era só estilo?, era desespero mesmo, humilhação e covardia, falta de coragem de dar um basta, de se separar dele, um lindo zero à esquerda, tua mãe!, e aquela negra nojenta que você adorava, ela nem gostava de você, ela detestava você, pelas costas te chamava de caca de gato, de rato branco, só continuava lá em casa porque papai era viciado nela, se metia no quarto dela toda noite e dava o dinheiro que ela quisesse, quando sumiu não foi pra nenhum palácio de Iemanjá, foi pro olho da rua porque vovô descobriu tudo e ameaçou fazer um escândalo, está ouvindo?, isso é que foi a sua linda vida, meu irmãozinho, tudo mentira, tudo podre e você todo feliz se mostrando enquanto todo o mundo sabia de tudo e ria de você". Custei um pouco a acostumar-me com aquela pedra no meu peito e a compreender que aquilo era ódio.

Nunca mais vi meu irmão, não voltou para casa, nem sei onde se meteu, Marina rejeitou-o e poucos meses depois eu soube que tinha ido para os Estados Unidos levando tudo o que era dele. Mamãe entristeceu ainda mais e eu tentava inutilmente consolá-la com meu carinho, embora da porta para fora eu então me comportasse como um cínico, um descrente de tudo, um debochado.

Meu irmão nem voltou quando o avisaram da doença de minha mãe, não veio para o enterro. Enfrentei sozinho a tarefa inevitável de dar destino às coisas dela, revirar papéis e fotografias, e foi assim que me caiu nas mãos um estreito recorte de jornal amarelado que eu já ia rasgando sem ler quando meus olhos bateram na data, oito de dezembro de 1966, dia do meu aniversário dos seis anos, e me detive. Li: *"ACIDENTE COM MORTE NA SOROCABANA. Ontem, por volta das 21h, o trem da Sorocabana que ia em direção ao porto atropelou e matou Polixena de tal, de cor, trajada de branco à maneira dos terreiros de Umbanda, doméstica, que não deixa família nem bens. O corpo foi encaminhado ao Instituto Médico Legal e reconhecido pela mãe de santo do terreiro próximo ao local do acidente e pelo patrão da falecida, cujo endereço se encontrava em sua bolsa"*.

Não tenho mais uma pedra no peito, só tenho uma saudade enorme de Polixena e pena, uma pena imensa de meu irmão com suas mentiras cruéis.

A bicicleta

Maurílio puxa a portinhola desengonçada do tapume da obra e sai, cabeça baixa, amassando e desamassando o boné entre as mãos, só pra disfarçar o riso de imensa satisfação que escapa de seu controle e teima em lhe ocupar o meio da cara, a cara toda. Também não quer anunciar que está tão contente assim, sabe como é... depois o pessoal abusa. Corre até a barraca do fiteiro, do outro lado da rua, onde deixou guardada a bicicleta, salta sobre ela com o entusiasmo de quem montasse um potro de raça. Graças à bicicleta, pegou o emprego: foi o último, para a derradeira vaga! Se não fosse ela não chegava em tempo, veio pedalando como um raio assim que correu a notícia de que havia vagas.

Não, bichinha, ninguém vai mais vender você, minha roxinha. Imagine, eu pensando que a vida era mesmo uma desgraça, ter que trocar você por comida que a gente engole e se acaba na hora, emprego não ia ter nunca mais... E hoje você me arranjando esse trabalho e agora nós dois vamos correndo, pegar aquele atalho pelo mato pra chegar logo e contar pra Sheila... já pensou se eu tivesse que esperar ônibus, pagar passagem, dar a volta na cidade inteira pra chegar lá em casa de noite! E amanhã você me leva pro serviço, com minha carteira profissional donzela, pra tirar o cabaço dela! Como é que eu pude achar que a vida era tão ruim? É boa, boa, boa demais! Iuhuuuuu! Eita cabrita boa de cabriolar!

A bicicleta pula no ar, Maurílio solta as mãos e os pés, asas, descendo a ladeira de areia numa linha sinuosa, equilíbrio perfeito mantido só com o jogo do corpo. Exibe-se o mais que sabe, pra ninguém ver, só pra ele mesmo, pro céu, pro chão de areia, pro restinho de sol, pro mato da capoeira dos lados do caminho, pras três lavandiscas na poça d'água ali adiante.

Só mesmo você pra me conseguir um emprego bom daquele! Você só me dá alegria, só coisa boa na vida, foi você que me deu até a Sheila, não foi? Eu sei que foi você que viu primeiro ela ali parada na beira do atalho, com a sandália torada, e deu uma freadinha para ela ter tempo de me pedir uma garupa. Foi, não foi? Isso é que é amor, não é, minha bichinha, nem ciúme não tem! Parece que eu estava adivinhando quando vi você lá na loja, linda, roxinha, tão diferente das outras! Ter bicicleta eu sempre quis, vivia alugando aquele ferro-velho de Olegário pra dar umas voltinhas, mas quando vi você me deu uma coisa, fiquei só pensando em você, doidinho, do jeitinho que você me viu por causa da Sheila, enquanto ela começou negaceando, fingindo que não gostava de mim, cheguei a pensar em roubar você, acredita?, e todo o dia era aquela agonia até avistar a loja e saber que você ainda estava lá, ninguém tinha comprado. E agora você é minha!, ou eu é que sou seu?... Iuhuuuuuuu!

Lá vai Maurílio, centauro, um corpo só, de alegria, carne, ossos e aço, empina as patas da frente, cabelos ao vento como farta crina, salta sobre as saliências do caminho, aterrissa na poça espalhando água pros lados, o sol rebrilhando nos respingos e nos aros cromados.

Eita, cuidado!, chegue pro canto que eu não quero confusão com carro da polícia. Estão procurando o que por aqui? Passa direto, não vamos nem olhar... pronto, nem diminuíram a marcha, parece que nem viram a gente. Polícia me deixa sempre nervoso, você sabe, desde aquele negócio da mala. Aquilo foi pesado demais, sabe? Já te contei, não foi?, como é que eu consegui comprar você com o dinheiro mais duro de ganhar da minha vida, o maior medo que eu já passei e até agora, pensando naquilo, eu me tremo todo. Eu que sempre passei longe do Bitola e da galera dele, eu, hein! Aquilo lá não presta, é droga, é assalto, é tudo o que há de ruim, e eu não quero nada com uma gente assim, me guardo dessas coisas que eu quero é ter o coração em paz, mas pra qualquer um pode chegar uma hora como aquela, eles me cercando, a galera toda junto, e dali só se escapa pra morte. Morrer eu não queria não, que sou novo demais e, depois, o desespero de minha mãe se eu morresse, já pensou? Daí ele falou: "Olhaí, carinha, tu deu sorte hoje, tu ganhou trezentos, olhaí, um, dois, três, trezentinho pra tu. Agora só tem que levar essa mala nesse endereço aí, ó". Eu fiquei ali tremendo que só!, sentindo o bafo dos caras no meu pescoço, cada vez mais perto, me apertando, eu vendo o vulto das armas no bolso deles, minha mão pegando a mala sem eu nem mandar, o Bitola dando as ordens pra minha mão, pras pernas, e eu indo que nem num sonho carregando aquela mala, com a vista toda atrapalhada que nem sei como é que foi que cheguei no lugar certo da entrega, e depois eu não queria nem mais voltar lá pro Conjunto, não queria mais nada, só pensei em fugir, voltar pra Farinhada e ser mesmo um sem-terra, largar tudo lá, minha roupa, meu rádio... De repente vi de novo você na minha frente e lembrei dos trezentos na mão do Bitola, minha vista clareou, me deu uma coragem e eu voltei lá e peguei o dinheiro. Ele deu pensando em me deixar cativo. Daí você já sabe como foi, lembra que eu fui buscar você na hora?, minha vida mudou e a gente nunca mais se separou desde que eu pedi as contas pro Seu Tico, de noite esvaziei o quarto do fundo do bar, amarrei meus troços na sua garupa e viemos embora pra um canto bem longe do Bitola, lembra?, e então você achou a Sheila pra mim, e agora me arranjou o emprego, eita vida!, eita bichinha boa!

Lá vai Maurílio, um beijo no guidom da bicicleta, dispara em zigue-zague, entra a toda a velocidade na curva, vê-se de frente com a baita caminhonete importada, ocupando o caminho todo, dona do mundo. Iuhuuuuu! Adrenalina pura! Foi por pouco, hein, roxinha, um outro ali se estrepava, mas com a gente ninguém pode! Eu e você, você e eu e a Sheila! E se a gente falasse com a Sheila pra casar?, vai dar, não vai?, se eu me der bem no emprego, você me levando e trazendo todo dia, eu troco o vale-transporte na bodega, mais o salário, mais o que a Sheila arranja de manicura... Eu mando botar um banquinho bem ajeitado na sua garupa pra Sheila, você aguenta? Você concorda?

No lusco-fusco do fim do dia nem deu pra ver acontecer, Maurílio só sentiu o tranco repentino, o voo inesperado, a queda de cabeça, a tonteira e a escuridão e, aos poucos, a luz das estrelas se apagando.

Metamorfose

Para Frei Betto

Mon cher frère,

Tu estranharás, certamente, que eu te escreva agora, depois de séculos sem trocarmos uma única palavra. Pensei várias vezes em fazê-lo, mas não cheguei a pegar da pena e de nada serviria porque não tinha a menor ideia de onde te encontrar depois de nosso último desentendimento grave e com essa tua mania de segredos. Mas agora tenho a certeza de que minha carta te chegará porque, com tua fiel devoção à tradição, não deixarias de ir à nossa velha casa nesta data. Afinal, oito séculos não são oito anos, e há raríssimas famílias que se podem orgulhar de possuir a mesma morada por tanto tempo. Além do mais, creio que, no estado de ruína em que certamente se encontra, tu ali te sentirás muito bem: ninguém mais se arriscará a entrar naquilo que hoje deve ser apenas tenebrosos e mal-afamados escombros, não há nenhum perigo de teres companhia humana. *Je regrette*, mas não tenho a menor intenção de ir encontrar-te nessa comemoração. Aliás, eu em nada mudei e sigo considerando um desagradável azar aquilo que tu consideras como um grandioso destino, um privilégio. A razão de nosso desentendimento continua intacta, porque eu desejo apenas ser um homem comum, um homem *tout court*, e nada vejo de admirável em ser uma exceção, viver separado do resto da humanidade e planar (nenhum literalismo aqui, falo figuradamente) acima dos simples mortais. Na verdade, embora às vezes me arrufasse quando, ainda crianças nós dois, me chamavas medíocre e poltrão por eu desejar ir para a praça, jogar ao sol com os meninos comuns, no fundo nunca me importei muito com teu desprezo nem me senti superior a ninguém por causa de nossa singular herança. Bem ao contrário, fui sempre infeliz por ser quem sou. Fui, já não sou mais. Disse-te há pouco que em nada mudei, mas não é verdade: mudei sim, libertei-me do atavismo que nos marcou e consegui uma felicidade que antes nem sequer podia imaginar. Quando penso na tua triste vida, *pauvre frère*, dá-me imensa pena e na verdade é por isso que te escrevo, para contar-te tudo e tentar fazer com que tu também vejas a luz (nenhuma ironia nesta expressão, saiu-me naturalmente), que tu esqueças a tradição, ou maldição?, deixes esse orgulho desmedido e experimentes também ser simplesmente feliz como qualquer um desejaria. Aliás, aí está parte da receita: ser qualquer um entre os outros. Espera, posso imaginar teu sorriso irônico e o muxoxo de desprezo, mas lê até o fim, que quem sabe te convences.

É fantástico o que me aconteceu! Certamente te escandalizarás ao saber que estou vestido em confortáveis bermudas brancas (é assim que chamam aqui os calções curtos), simples sapatos de lona azul e uma folgada camisa de listas coloridas, sem colarinho, *tout à fait détendu*, em pleno Rio de Janeiro, a mais bela cidade do mundo! Não, não me estou dourando ao sol de Copacabana, não mudei tão radicalmente assim e minha nova vida não é fruto de nenhum milagre nem feitiço, apenas de um feliz acaso e de algum engenho da minha parte. Escrevo-te, prosaica e banalmente, à luz de velas, à mesma mesa sobre a qual, há poucos minutos, regalei-me com um enorme e delicioso pedaço de filé, coberto com uma fina capa bem tostada e do qual escorria abundantemente um rico sangue vermelho-vivo. E que extraordinário o sabor da carne, temperada simplesmente com sal e alho (não te espantes, depois de assado sobre brasas o alho já não me faz nenhum mal)! *Exquis!* Carne de gado argentino, já provaste? Prova e verás que, em apenas alguns dias, te acostumas e te sacias plenamente com um bom filé, uma picanha, uma maminha, enfim, qualquer parte fumegante e sangrenta dessa delícia e já não desejas outra coisa.

Foi a sorte, a pura sorte que me trouxe até aqui, pois eu jamais poderia ter planejado isto. Jamais teria pensado no Brasil, cujo simples nome evocava imediatamente sol e calor, causando-me calafrios. Não, eu vivia como tu, preso àquela nossa predestinação para a tristeza e a solidão, arrastando-me de um canto a outro da velha Europa, suportando essa vida como um infindável castigo e só a profunda influência que tiveste sobre mim desde a infância, um resto de orgulho, me impediu de cometer um ato extremo e tentar acabar com tudo. Aliás, confesso que uma vez, de fato, tentei mas foi aos outros que faltou coragem e vi-me condenado a continuar vivendo pelos desvãos mais escuros do Velho Mundo, naquele imenso tédio, incapaz de desejar coisa nenhuma, incapaz de apreciar o que quer que fosse, nem sequer o luxo ilimitado que, se eu quisesse, estaria ao alcance de minha mão. Notaste, com certeza, que, por longo tempo, jamais retirei de nossa conta no Banco de Londres senão modestas e regulares quantias que não correspondem a mais do que o salário de um empregado público qualquer; ai, quem dera, naquele tempo, ter pelo menos as alegrias de um empregado público qualquer! O pior era nunca desejar realmente nada, seguir apenas compulsões cuja realização trazia algum alívio mas nunca verdadeira alegria. Tinha apenas um desejo: ser outra pessoa, o que, afinal, nem era bem um verdadeiro desejo porque eu não tinha nenhuma esperança de que se realizasse. Nem mesmo tive a mais leve inveja quando tu te tornaste famoso, escreveram-se livros e fizeram-se filmes sobre ti, porque suspeitei logo de que a fama só poderia agravar a solidão. Sinceramente, preferia e consegui guardar o meu anonimato, manter desconhecida a minha existência. Fui apenas tocando a vida, mudava-me frequentemente, tentando pelo menos amenizar o tédio: ia do norte da Escandinávia, onde passava os invernos para descansar e sentir-me um pouco mais livre, para alguma velha cidade da Europa Central, sempre as mais cinzentas e soturnas, onde passava as primaveras e os outonos e, no verão, corria para o sul do continente, onde os dias estivais são um pouco menos longos do que ao norte. Mas chegou um momento que mais nenhuma novidade era possível, eu já havia esquadrinhado todos os rincões mais sombrios dos países europeus e nenhuma daquelas viagens podia mais disfarçar o meu profundo aborrecimento. Foi então que concebi a ideia de buscar no outro extremo do mundo, num outro hemisfério, um lugar igualmente escuro e frio no inverno mas que me pudesse oferecer, pelo menos por uns tempos, alguma sensação de novidade. Examinei o globo e decidi-me pela Patagônia. Escolhi, *bien sûr*, a viagem marítima e consegui embarcar num navio de carga, que levava também alguns poucos passageiros a preço módico (sabes que não gosto de luxo, tentei sempre ser comum). *Hélas!* Não imaginei o quanto seria difícil aquela viagem para alguém como eu. Passava os dias trancado na minha exígua cabina com as escotilhas e cortinas fechadas, sufocado, tentando dormir. Pouco depois do escurecer, era a vez dos outros trancarem-se nos camarotes e eu não ousava aproximar-me dos tripulantes de guarda, que eram muitos e vigilantes, passando a noite encostado à amurada, olhando tristemente o vaivém do mar e sofrendo sozinho a tortura da fome. Passei muita fome. Impossível, é claro, alimentar-me com aquilo que serviam a bordo. Tive de arranjar-me com um ou outro pássaro marinho extraviado que, atraído pelas luzes, vinha dar, exausto, no convés do barco. Arrependi-me logo de haver-me metido assim, impensadamente, por um capricho, numa longa travessia oceânica, sem calcular as consequências, mas nada podia fazer, a não ser atirar-me ao mar e nadar dias sem fim sob um sol escaldante. É claro que não o fiz. Quando já me encontrava em estado de profunda depressão e fraqueza, o navio finalmente atracou em sua primeira escala na América, avisaram-nos que ali passaria a noite e o dia seguinte e que os passageiros que desejassem podiam desembarcar. Fiquei ineditamente eufórico, esperando ansioso que o sol se pusesse para descer à terra e finalmente encontrar alívio para minha fome e minha sede. Nem prestei atenção ao nome da cidade, sabia apenas que ainda não era a Patagônia.

Atravessei quase correndo a área do cais, cujas fortes lâmpadas me incomodavam, e meti-me pelas ruas àquela hora completamente desertas e mal iluminadas, o que me caía bem. Andei muito sem ver ninguém, até que finalmente aproximei-me de ruas movimentadas mas também fortemente iluminadas, pelas quais não ousava aventurar-me. Já ia descrendo da possibilidade de encontrar uma refeição satisfatória, quando vi, numa rua lateral, um grande e baixo edifício cujas inúmeras janelas filtravam uma mortiça luz de velas. Dirigi-me para lá, curioso e levemente esperançoso. Havia uma grande placa com dizeres que eu não podia compreender por desconhecer a língua nativa. Espiei por uma janela e o que vi deixou-me estupefacto: à volta das inúmeras mesas que enchiam um amplo salão, sentavam-se, alegres e descontraídas, dezenas de pessoas, homens e mulheres que, sem nenhum pudor nem constrangimento, devoravam grandes pedaços de carne sangrenta, espetados em longas hastes de ferro, trazidos por um batalhão de homens jovens, num movimento incessante. Toda essa incrível cena era suavemente iluminada apenas pela luz das velas espalhadas nas mesas e por um imenso braseiro que ocupava o centro da sala e de onde parecia sair toda aquela carne. Levado por uma irresistível força de atração, aproximei-me da porta e fui imediatamente envolvido por um quase abraço de um jovem que ali se encontrava e que, fazendo-me entrar, passou-me aos braços de um outro que me conduziu a uma daquelas mesas, onde mais um rapaz imediatamente depositou um grande pedaço daquela carne, cortando-o destramente da haste de ferro para o meu prato, fazendo escorrer abundantemente aquele irresistível líquido rubro. Ah!, *mon frère*, é quase impossível descrever-te o que senti ao morder, assim, diante de todos os que ali se encontravam e que faziam exatamente o mesmo, aquela carne tenra e suculenta, sentindo o sangue vivo escorrer por entre meus dentes, deslizar sobre minha língua, inundar-me a boca e revigorar todo este meu velho corpo. Sem que eu nada dissesse, sem que eu precisasse nem ao menos acenar com a mão, antes que eu desse cabo do primeiro pedaço servido, já o gentil jovem trazia-me outro e outro mais, e aquilo parecia não ter fim até que eu me sentisse completamente saciado e já não fosse mais capaz de continuar, embora eles insistissem em encher-me de novo o prato. Mas ainda não te contei o mais importante, o que foi verdadeiramente uma revelação que marcou o início de minha nova vida, ou melhor, de minha verdadeira vida: pela primeira vez, ali, experimentei o que é ser um homem comum, um como os outros, membro da grande família humana, aceito sem reservas, rivalizando amigavelmente com uma *foule* tão voraz como eu, desfrutando de uma proximidade fraternal que eu nunca vivera (não me tomes a mal, meu irmão, bem sabes que é verdade). Meus trajes impróprios para este clima e bastante antiquados (até então pouco me importava minha aparência) e algumas peculiaridades que tu sabes atraíram os olhares de meus companheiros de banquete; eram olhares curiosos, sim, mas de maneira nenhuma hostis nem temerosos e, *j'avoue*, gostei, gostei imensamente de ser visto, observado e de merecer até alguns sorrisos e acenos simpáticos. Eu já não podia e nem queria sair dali, deixei-me estar, *détendu* e feliz até que já não restava mais quase nenhum conviva, percebi que o céu lá fora começava a empalidecer e que alguns dos rapazes punham-se a apagar as velas. Assustei-me, alguns deles correram solícitos a perguntar o que me faltava, compreendi logo pelos seus trejeitos e expressões. Fiz-me entender também por gestos e retirando do bolso um grosso maço de dinheiro, linguagem universal. Arranjaram-me imediatamente um quarto nos fundos do edifício, acanhado mas relativamente limpo, onde me tranquei e pouco depois adormeci. É onde vivo até agora, apenas em condições muito mais confortáveis do que naquela primeira noite, pois quando compreendi que havia encontrado a porta do céu, não hesitei, comprei isto tudo (deves ter notado uma retirada excepcionalmente grande na conta do Banco de Londres) e hoje sou o feliz e único proprietário desta invenção fantástica: uma churrascaria rodízio aberta vinte e quatro horas! Durmo tranquilo os dias inteiros e regalo-me todas as noites, tenho inúmeros amigos e amigas e um dos excelentes dentistas brasileiros veio arranjar-me os dentes, que agora estão perfeitos e retos como o teclado de um piano! *Bref*, sou imensamente feliz!

Já não me alongarei mais, tua impaciência já deve estar chegando ao limite e não quero que interrompas a leitura desta carta antes do fim. Tenho a certeza de que, no fundo, não és assim tão diferente de mim, apenas mais orgulhoso, mas se quisesses poderias ser perfeitamente feliz aqui, como eu agora sou. Serei prático e direto: proponho-te não só a felicidade, mas um bom negócio. Por maior que seja nossa fortuna, à força de tirarmos dela sem jamais nada repor, ela um dia há de se acabar. É hora de começar a investir, meu querido irmão, e que melhor investimento poderia haver para nós do que uma grande cadeia de churrascarias rodízio, abertas vinte e quatro horas, hein? Que me dizes? Negócio promissor e seguríssimo, já que a última coisa que as pessoas deixam de fazer, quando lhes faltam os meios, é comer! Já tenho todos os planos feitos para a mais grandiosa dessas cadeias e pensei até em ligar as várias unidades com um sistema de túneis que lhes acrescentaria encanto e praticidade para nossa administração. Exagerei nos planos mas não quero renunciar a nada e portanto falta-me um sócio que traga um bom capital. Que melhor sócio poderia eu desejar do que meu próprio irmão, o único que pode compreender profundamente o que tudo isto significa para mim?

Viens, mon cher frère, vende o castelo, ou o que resta dele (castelos velhos encontram hoje bons preços no mercado, para fazerem-se neles hotéis, ou uma espécie de clínica onde os subitamente enriquecidos aqui no Novo Mundo vão para receber tratamento intensivo de nobilitação). Vem, esquece essa fria Transilvânia.

Teu eterno,

Roman Dr.

Manifesto ou como antigamente

Conectou, afinal. Desaba na minha tela uma lista enorme de e-mails: outra vez as histórias das mulheres violentadas, mutiladas e apedrejadas pelo mundo afora, a carta de solidariedade com os sem-terra, apelo à defesa dos direitos humanos na Palestina, protesto contra violações de direitos humanos aqui e acolá, "*ajude o Brian a viver*", manifesto contra o ataque americano ao Iraque, protesto contra mais um aumento dos juros, mais uns vinte desses que eu já conheço de cor e já passei conscienciosamente pra todo o mundo, faz um tempão, a mesma angustiante história de sempre, todas as desgraças do globo terrestre ao alcance de um clique, a eterna repetição mostrando a futilidade de tanto bit pra lá e pra cá, e nem uma palavra do editor. Deleto tudo sem abrir, agarro a bolsa, a chave do carro, ainda por cima tenho de ir ao dentista!

Agora estou presa no trânsito na beira da Lagoa, neste calorão, vou chegar atrasada ao dentista, sinto-me um lixo hoje, sempre achei uma besteira irritante a expressão "baixo-astral", mas existe. Na minha frente, o caminhão de som, trio elétrico, sei lá o quê, enorme, gritando ensurdecedor a propaganda cretina do candidato à reeleição, e eu que apoio eternamente a oposição ter de me submeter a isto!, me tapa toda a visão, nem sei o que está acontecendo lá na frente, vou chegar atrasadíssima, vou perder minha hora e ficar com o dente quebrado, essa falha horrorosa bem na frente da boca e o editor não vai nem ler meu livro todo, já descartou na terceira página! Também, não sou homem, não sou jovem nem bonita, não sou jornalista, não moro no eixão Rio–São Paulo, não... besteira, deixa pra lá, baixo-astral passa...

Fico olhando o bumbum da garota se requebrando lá em cima, na beirada do caminhão, balançando a bandeirinha do candidato com uma mão mole, cansada. Não há mais nada pra eu olhar, o caminhão tapa tudo. Grande merda!, a menina não tem nem catorze anos, basta começar a tomar forma de mulher pra eles começarem a explorar, é só vestir minissaia, um exíguo top e sacudir a bunda, debaixo desse sol de duas da tarde, por dois cachorros-quentes de carrocinha e dez reais no fim do dia. Agora vem esse gordão nojento, com o microfone sem fio na mão esquerda e já metendo a direita entre a calcinha e a bunda da menina, mão horrorosa, curta e gorda, com as unhas sujas, daqui não vejo bem mas tenho certeza de que as unhas estão sujas, só pode, todo suado, seboso, balançando as banhas, aquele barrigão peludo saindo pra fora da camisa onde o botão se arrebentou, sem parar de berrar essa porcaria de mentira eleitoral, metendo a mão, a menina não quer, se retorce, se vira tentando escapar, me olha, ela também tem uma falha nos dentes, foi um segundo mas eu sei que ela me olhou suplicante, pedindo socorro, meto a mão na buzina, grito, xingo e ninguém me ouve, todo o mundo está buzinando, o gordão arrasta a menina pra frente e não vejo mais nada acima da beirada do caminhão. Fico aqui presa, já perdi a hora do dentista, o dentista que se dane!

Finalmente escapo da Lagoa, meio-dia em ponto no relógio do Liceu, meto-me pela Beira Rio, louca pra furar um sinal vermelho. Estão todos verdes.

Volto pra casa, a ponta da língua sentindo o tempo todo a falha entre os dentes, a alergia nervosa comichando na dobra do cotovelo esquerdo, sento-me diante do computador e escrevo de um jato só:

Queridos amigos, companheiros, conhecidos e desconhecidos, sou contra a barbaridade que fazem com as mulheres de qualquer lugar, sou a favor dos sem-terra, dos sem-teto, dos sem-culpa, dos sem-aumento, do grito dos excluídos, sou contra a corrupção, o neoliberalismo, o FMI, o reajuste estrutural, a exploração comercial do corpo da mulher, a pedofilia, a dívida externa, a dívida pública, os juros altos, a alta do petróleo, a prostituição infantil, a reeleição, a desregulamentação, a abertura das pernas do Brasil, sou contra a guerra, o tráfico de armas, de influências, de drogas, de escravas brancas, de bebês e de órgãos humanos, sou contra a poluição, a destruição ambiental, a desigualdade, a exclusão e o apartheid social, contra a extinção do mico-leão-dourado, da tartaruga-marinha, do peixe-boi e de qualquer bicho vivo, inclusive de gente, sou contra o desemprego, o arrocho salarial, a privatização, sou pela democracia, pela transparência, pela participação, pela cidadania, pela ética na política, sou contra tudo o que é safadeza, maldade e burrice e a favor de todas as vítimas de tudo, que isso se saiba de uma vez por todas mas, que ninguém me leve a mal, comunico-lhes que estou encerrando minha conta de acesso à Internet e pondo à venda meu computador.

Envio a mensagem a toda a imensa lista de endereços eletrônicos que a máquina registrou sem eu nem querer, deleto do disco rígido e do disquete de backup o meu livro inédito de contos pós-modernos e saio de novo pra rua, a pé, com minha falha nos dentes da frente. A alergia passou. Vou à luta como antigamente.

O sonho e o tempo

Talvez porque já tivesse nascido mofina, magriça, descorada, quase invisível, talvez porque tivesse transparências de anjo, talvez porque. Precisava de um contraponto flamejante?, um alterego que se projetasse inescapavelmente diante do olhar dos outros? Desde quando, tardiamente, foi capaz de engatinhar, se a soltassem no chão arrastava-se célere para a imensa harpa dourada da tataravó, exposta num canto do salão e três vezes por dia espanada com plumas de avestruz pela numerosa criadagem que a família ainda mantinha. Horas de contemplação muda. Custou muito a falar, preocupando a família, até que, por fim, emitiu as primeiras palavras: "A minha harpa é só minha". Nada de "mamá", "gugu", "papá", "dadá". O caso era contado e recontado como sintoma de inteligência superior, sobretudo cada vez que alguém elogiava a beleza e o viço da irmã pouco mais velha.

O século XX correu como nenhum outro, a criadagem viu-se reduzida à Querubina, lá na cozinha, as plumas de avestruz comidas pelas traças, a harpa coberta com uma capa de lona, cuja ponta ela levantava todo dia para conferir se continuava ali, concreto, o objeto amado que lhe ocupava todos os vãos da imaginação. O ângulo das paredes por detrás daquela marmota de lona era seu canto, onde ficava encolhida quando ninguém reparava nela, fazia as lições de casa, imaginava as únicas histórias nas quais era protagonista, arrancava casquinhas das feridas do joelho e tirava meleca do nariz à vontade. Reivindicava lições particulares. De harpa. Nada de francês, inglês, ballet, piano, violão. "Impossível, por enquanto, queridinha, suas mãos ainda são muito pequenas", ponderava o pai, apalpando a carteira vazia no bolso traseiro das calças de surrada casimira inglesa.

Aos quinze anos, finalmente, menstruou pela primeira vez. A tradição familiar demandava presentes comemorativos dados pelas parentas próximas. A avó, esperta, na falta de conta bancária, deu-lhe um belo cartão-postal onde constava: "Meu presente para você nesta data feliz é a bela harpa que herdei de minha própria avó". Reivindicou outra vez as aulas de harpa, mostrando as mãos agora magras e compridas. Não havia mais professores desse instrumento na cidade. Contentou-se, provisoriamente, com dois discos de música de harpa, para tocar na vitrolinha da irmã, quando esta permitisse. Fazia baixezas para obter tais permissões, inclusive acompanhar a irmã nas festinhas de quinze anos, nas tardes dançantes do clube, onde, segundo o pai, "ou vão as duas ou não vai nenhuma". Afastou, involuntariamente talvez, todos os possíveis namorados, já nas conversas preliminares: "que tipo de música você mais gosta?", "De harpa", taxativa. Nada de rock, bossa nova, twist, jovem guarda, nem Elvis, nem Beatles, nem Rolling Stones, nem Caetanos e Chicos, nem sequer Frank Sinatra ou Nat King Cole. *Y así pasan los días...*

Não aceitou os estudos disponíveis na cidade, queria mudar-se para a capital onde havia professores de harpa. "Quando os negócios melhorarem", prometia o pai. Aos trinta anos, chorou muito quando o pai foi juntar-se aos avós sob o mármore rachado do jazigo familiar e descobriu-se que negócios já não havia. Restou o casarão *art nouveau*, desfigurado pelo clima úmido e pelos sucessivos remendos, o antigo jardim cheio de mato e a imobiliária oferecendo três apartamentos no prédio novo a ser construído no terreno, um apartamento emprestado num décimo andar enquanto durasse a demolição e a construção. A harpa não coube no elevador. A irmã, que namorava o filho de um antiquário, descobriu que o instrumento era valioso, modelo raro do século XVIII, mandou cartas e telegramas, as grandes casas leiloeiras Sotheby's e Christie's estavam interessadíssimas, a harpa iria a leilão, completando lindamente a parca herança. Nem pensar. A harpa era dela, não queria apartamento nenhum. A briga foi feia e a irmã cedeu diante de um ataque cardíaco da mãe, atribuído à desavença. Conseguiu um adiantamento pela sua parte nos imóveis e uma casinha de porta e janela no subúrbio. Casa velha, porta larga, a harpa passou folgada. Duas conduções para chegar ao trabalho, na secretaria do conservatório musical, conseguido por pistolão, graças a um amigo dos velhos tempos de prosperidade. Isolou-se naquele fim de mundo, ela e a harpa.

Aos sessenta anos recebeu a carta de concessão do benefício de aposentadoria por tempo de serviço e leu, no mesmo dia, nos classificados do jornal: "Aulas particulares de harpa. Professor formado na França". Correu ao endereço indicado, deu com um jovem de aspecto tímido e romântico, cabelos ralos e dedos longos, pediu-lhe aulas de harpa. O professor olhou-a com certo espanto, tomou-lhe as mãos com delicadeza e mirou-as longamente, como se temesse encará-la de novo. Foi então que ela mesma olhou suas mãos e viu o que a artrite tinha feito delas.

Deixou, preso com alfinete na capa de lona da harpa, um cartão-postal destinando-a à sobrinha--neta, quando menstruasse.

O leilão será amanhã, em Londres.

Ficção

"Compete à imaginação trabalhar mais,
para criar a simpatia e o terror, que
interrompem o curso monótono das coisas."
Carlos Drummond de Andrade

Pra que é que eu fui calçar estes sapatos apertados, com este saltão? Costume... isso tudo acabou, parece que eu não me convenci ainda, a supersecretária, perfeita, inglês, francês, espanhol, até tradução do alemão, impecável, de salto alto, eu, dezoito anos servindo de pau pra toda obra, menos aquilo, que eu nunca dei liberdade nem pra pensarem nisso, eu, indispensável, sabia todos os segredos dele, secretária, guardiã dos segredos, como é que eles podem continuar sem mim?, aquilo lá deve estar uma bagunça a essa hora e eu aqui nesta fila, atrás de quarenta e três pessoas, pra receber um miserável fundo de garantia que não vai garantir nada, quarenta e três pessoas, vezes três minutos em média, vai dar cento e vinte e nove minutos, duas horas e... pare de fazer cálculos, planejamento... você não é mais secretária executiva, não é mais nada, é desempregada, enfie isso na sua cabeça, desempregada. Não, eles não vão voltar atrás, não vão se arrepender, esqueça, parta pra outra. Que outra?

Eu, que em mais de vinte anos nunca tive que entrar em fila de banco, o boy resolvia tudo, será que é sempre assim, essa multidão?, e eu que vivia reclamando do boy que demorava demais... coitado do garoto. Que é que essa gente toda está fazendo aqui?, aquele ali veio do Nordeste, deixa eu ver, trabalha numa construção, veio mandar um dinheirinho pra mãe que ficou lá, micharia. A outra, é o contrário, veio receber uma besteira qualquer que um parente mandou, ou então uma pensão de salário mínimo, é só olhar os sapatos dela pra saber, vai enfiar o dinheiro no sutiã, duas notas de cinquenta e três de dez, vai deixar as moedinhas na carteira pra pagar a condução, sai capengando com o sapato cambaio até a avenida Nove de Julho, debaixo desse sol, pega aquele ônibus lotado até Cidade Ademar, passa na venda, paga o que comprou fiado e não sobra mais quase nada, nem pro xarope contra essa tosse, e eu me sentindo miserável com meu fundo de garantia, minha poupança, meu carrinho seminovo, meu apartamento em Perdizes, quase quitado, minha filha na PUC. Será que dá pra conseguir bolsa de estudos pra ela?

Olha lá aquela velhinha nesta fila, não quer nem saber da fila especial dos idosos que está bem curtinha, já passou dos oitenta mas não quer dar o braço a torcer, deve ter sido bonita, assim alta, bem vistosa ainda, está com medo de alguma coisa, olhando pra um lado e pro outro, desassossegada, eu sei que ela tem medo, conheço esse olhar, eu também estou com medo, tem medo é de não poder mais vir buscar pessoalmente o dinheirinho da pensão, ter de passar procuração ou entregar o cartão pra sobrinha, daí a sobrinha é que fica com o dinheiro, controlando a vida dela, a sobrinha é uma chata, maldosa, vai deixar a pobre fechada em casa, passando necessidade, já estou vendo a cara da sobrinha, uma solteirona bem azeda, uma megera, muito diferente da tia, olha só a velhinha, toda arrumada, não quer de jeito nenhum parecer a idade que tem, bom gosto, aquele blusão de seda com flores grandes estava muito na moda, anos atrás, e custava caríssimo, saia de linho, a bolsa é finíssima, deve ser italiana, sapato meio antiquado mas do melhor que há, toda arrumadinha, maquiagem discreta, o cabelinho bem cortado e penteado, azulado, brincos elegantes, colar de pérolas, velhinha de classe, já viu tempos melhores, e agora só sobrou o apartamento e a pensão que foi mirrando, mirrando, desde que enviuvou, tem que economizar em tudo pra poder pegar um cineminha com uma amiga, comprar uma bijuteriazinha e pagar o cabeleireiro. É disso que ela tem medo, com certeza a sobrinha disse que vinha com ela hoje, porque é muito perigoso ela sair assim sozinha com o dinheiro na bolsa, pra ser assaltada na primeira esquina, e por isso é que ela fica assim passeando os olhos assustados pelo banco pra ver se a outra apareceu, saiu mais cedo de casa para desencontrar da sobrinha. No dia em que a megera tomar o controle do dinheirinho dela, acabou-se, vai se aboletar no apartamento da tia, vai dizer que ela não tem mais idade pra andar sozinha na rua, que tem de se vestir mais discretamente, não vai lhe dar nem trocado pra condução, vai querer que ela fique de xale e chinelo na cadeira de balanço olhando a televisão, vai querer que coma comida sem sal, sem açúcar, sem gordura, sem pimenta, sem tempero, vai proibir o cigarro, o chocolate, o vinho do Porto, e vai obrigá-la a tomar um litro de leite por dia, que ela detesta!, vai implicar com as visitas do velho admirador dela porque ele enche a casa de fumaça de charuto e fala alto demais, então ela vai ficar deprimida, deprimida, deprimida e vai morrer em dois tempos, de morte natural, e ainda por cima deixar o apartamento de herança pra essa única sobrinha. É isso mesmo que vai acontecer, coitadinha, já estou vendo, não tem saída, vai ser logo, logo, e ela já sabe, está morrendo de medo! Comigo não vai ser assim, graças a Deus, que Alice não vai fazer isso, não, Alice não, ela me adora, sabe o sacrifício que fiz por ela, aquele mau humor dela é normal, final de adolescência, depois passa e ela vai ser carinhosa, vai ser, sim, vai ser. Como é que eu vou continuar a pagar a faculdade dela? Com quarenta e nove anos, desempregada! A anos-luz da aposentadoria! Será que eu vou ter que vender produtos Avon ou coisa parecida? Eu faço, se precisar eu faço, pela Alice, até ela se formar.

Ai, meu Deus, pra que foi que eu vim de salto alto? Pelo menos daqui a pouco vai ser minha vez de me encostar na coluna, anda fila!, só faltam duas pessoas pra eu chegar na coluna, o gordo e esse rapaz na minha frente, rapaz simpático, arrumadinho, bem novo, bonito até!, também não para quieto, se balançando de um pé pro outro, parece que está na saída de uma raia de competição olímpica, mas este não está com medo de nada, está é feliz, com um olhar luminoso, alguma coisa muito boa lhe aconteceu, o primeiro salário do primeiro bom emprego que conseguiu, o empréstimo pra iniciar seu negócio, um contrato grande, qualquer coisa assim que ele veio buscar aqui, também fica olhando em volta mas é pra ver se encontra algum conhecido, está louco pra contar a notícia pra alguém, é uma surpresa, tem alguma surpresa pra contar, não se aguenta quieto e calado, está transbordando: agora pode ter segurança, dar entrada num apartamento, casar, está apaixonado, louco pra ir contar pra moça, mostrar o cheque, o dinheiro, sei lá... Eu sei, sim, era o mesmo olhar que eu tinha naquele dia em que consegui o emprego melhor do que eu esperava, eu saí desse jeitinho, não me aguentava de alegria, louca pra contar ao Carlos, a gente ia comprar a casa em frente à pracinha, contratar uma babá pra Alice, desgraçado!, só estava esperando eu poder me manter com uma criança pra sumir com a consciência tranquila, e ainda dizia que o que queria era me ver realizada, uma profissional de sucesso, mulher moderna, liberada! Em menos de uma semana foi-se embora. Vai ver que a namorada deste também não presta, é uma garota qualquer, bestinha com certeza, só pode ser, porque tem alguma coisa errada com o planejamento ou seja lá o que for que junta os casais nesse mundo. É claro que logo, logo esse menino vai cair do cavalo, vai ter um desgosto enorme com essa namorada idiota que ele arranjou, que nem sabe a sorte que teve de arrumar um garoto assim, tão sério, sincero, apaixonado por ela, ai, meu filho, quanto tempo vai durar esse seu olhar luminoso?, logo, logo lhe acontece uma desgraça e você aí, morrendo de alegria, sem desconfiar de nada.

Até que enfim abriram mais um caixa, essa fila vai andar mais depressa, já vai ser minha vez, eu, um vazio na minha frente, sair pra rua às três horas da tarde sem ter nada que fazer... Cheque ou dinheiro?, dinheiro, sim, até que ele conte eu penso o que vou fazer depois, não precisa contar as notas tão depressa!, não tenho pressa, tenho tempo, todo o tempo do mundo...

Acabou. Este pacotinho de notas é o ponto-final, acabou-se, isto agora não volta mais pra trás, eu ainda com uma esperancinha até receber este dinheiro, está aqui a prova de que estou mesmo desempregada, nunca fui desempregada, antes era só ainda não empregada, pra que lado que eu vou, meu Deus, nesse calor, nessa rua cheia de desempregados?, só pode ser, essa gente toda andando de um lado pro outro, desamparada, menos o rapaz feliz, olha ele ali, sabe muito bem pra onde vai, e por que é que eu estou indo atrás dele?, ai, não ande muito depressa, não vê que eu tenho as pernas curtas?, pra que correr tanto?, onde é que ele vai?, ai, graças a Deus, pro shopping... pelo menos tem ar-condicionado!, espera, meu filho, eu estou de salto alto, e não vê que eu não posso subir assim uma escada rolante de dois em dois?, não corra desse jeito que chão de mármore escorrega, cadê ele?, ali, até que ainda estou em boa forma e agora, sem ter o que fazer, pelo menos poderei cuidar da forma, enquanto durar o fundo de garantia, lá vai ele, o que foi? por que parou de repente no meio do corredor?, eu não disse?, só podia ser: olha lá a moça agarrada com um montão de músculos, fabricado em academia de ginástica, só podia, até dentro do crânio tem músculo, bonitão e burrão, como é que ela pôde trocar meu menino dos olhos de luz por aquilo?

Ai, meu filho, não saia correndo de novo, com os olhos de louco desse jeito, e eu atrás mais louca ainda, não dá mais com esse sapato, não posso deixar o menino sozinho agora, ele está maluco, descer assim pela escada rolante de subida!, eu não posso, eu também estou doida, correndo pelo shopping com os sapatos na mão atrás de um desconhecido, onde é que ele foi?... lá, na calçada... não!, não atravesse!, não vai dar, o ônibus vem à toda! Ele não está vendo... ou está? Não, não, ai, meu Deus!, será que foi de propósito?, o chofer não teve culpa... Meu Deus, que horror!, o que é que eu vou fazer?... mais nada... o que foi que eu fiz? essa minha mania louca de inventar a vida dos outros... Ai, meu Deus, a velhinha!, preciso pensar, concentrar, onde?, aqui no meio da rua, assim, descalça... tenho que parar, me concentrar, pensar, pensar que a sobrinha é boa, um anjo, uma santa, adora a tia, não toca num tostão da tia, acha a velhinha o máximo, não lhe deixa faltar nada, é incansável, carinhosa, muito carinhosa... está tudo bem... tudo bem... tudo bem.

Viaduto

A última esperança de Albérico, misturada às lágrimas, vai se esvaindo no lodo do rio Tietê, arrastada pela chuva que despencou agora à tarde, conforme a previsão, tudo certinho, foi o que disseram na televisão e ele estava mesmo esperando, mas daí... Nada, não está caindo nenhum carro no rio, nenhuma mulher está sendo arrastada pela enxurrada, não há nenhum bombeiro resgatando heroicamente um pobre cidadão, nem um cachorro salvando um gato do afogamento, só porque eu não tenho mesmo sorte, porque nasci com a bunda virada pro inferno, azarado, pé-frio, porque nada dá certo pra mim, merda de vida!, idiota que eu sou!, panaca, burro mesmo, que eu já sei que cada vez que eu vou atrás das ideias da Sandra Suely quebro a cara, mas eu não aprendo, burro, cretino!

E o sacana do câmera, todo ancho debaixo daquela capa de plástico amarelo, TELEVISÃO escrito nas costas, tirando sarro com a cara dele, Albérico, o melhor aluno do curso, o cara que ia revolucionar o jornalismo televisivo, cheio de ideias, nessa situação, aqui, ensopado, tremendo de frio, mais de quatro e meia da tarde, já quase noite fechada, e a matéria pro concurso tem de estar pronta, editada, às sete e meia da noite, a melhor matéria indo ao ar no telejornal das oito e meia e o ganhador sendo empregado na hora, já pensou?, a minha chance, a única, e não está acontecendo nada, nada, nada.

Foi ideia da Sandra Suely, só podia!, ela é até legal comigo, a Sandra, cavou a inscrição no concurso, coitada!, levantou de madrugada pra guardar lugar na fila enquanto eu fazia prova na faculdade, que iam inscrever só dez caras, mas depois... Sabe tudo aquela ali!, ouviu a previsão do tempo e ficou dizendo que, com o calor abafado que estava fazendo, ainda mais quarta-feira, chovia na certa, era só esperar o toró e fazer uma matéria daquelas que não falha de jeito nenhum, que era besteira se cansar o dia todo atrás de um assunto qualquer, que ele nem sabia o que havia de ser, pra depois cair aquela chuvarada, parar a cidade toda, e o editor do telejornal só querer falar daquilo e ele, Albérico Barreto, idiota, entrou na dela, foi lá logo cedo pegar o crachá e o câmera que escalaram para trabalhar com ele e ficou o dia inteiro esperando a chuva no boteco perto da sede da TV, de otário, pagando empadinha, pastel, ovo de codorna, caipirinha, cerveja, PF e o escambau pro desgraçado do sujeito que agora estava ali esculhambando com ele.

De pé no capim da margem do rio, na escuridão, na pior, quase cego com a água escorrendo por dentro e por fora da vista e já dando acima do tornozelo, tudo o que é porcaria boiando naquela água, ele encandeado com os faróis da procissão de carros e caminhões encalacrados na avenida inundada, todos com o motor desregulado fumaçando, com vontade de mijar mas sem jeito, assim a descoberto, Albérico quase nem consegue enxergar o viaduto do outro lado da pista. O viaduto!, pô!, o viaduto!, e se o viaduto caísse bem agora?!, que puta matéria!, vai ver que é isso que a sorte está guardando pra mim. Só! Já, já o viaduto vai cair, com esse aguaceiro, só pode estar podre como os outros, já caiu um monte deles, se não caiu, está pra cair, pô, cara, liga essa câmera aí, pô, imagem boa não avisa antes de chegar, não. Liga aí, cara, que chuva, que nada! Fica olhando, estatelado, fixo, nem uma piscada pra não perder um segundo do desmoronamento, já compondo o texto na cabeça, quase que ouvindo, por trás do ronco e das buzinadas dos carros, do chuá da água, os primeiros estalos do concreto se abrindo, rebentando, arriando todo bem na frente dele, só ele vendo aquilo e gravando e informando, a matéria indo gloriosamente pro ar às oito e meia, e... Ah, não!, a vista foi se acostumando e, agora, de repente, ele vê: putamerda!, há um bocado de gente, um bairro inteiro, lá embaixo da laje que vai cair.

Albérico agarra a ponta da capa amarela do câmera e sai arrastando o outro, correndo por entre os carros, o coração disparado, já gesticulando e gritando: sai daí, pessoal, sai daí todo o mundo que esse troço vai cair!, pra fora, pra fora senão vai morrer todo o mundo! Grava aí, cara, grava eu salvando o pessoal! Para antes da beirada do viaduto, na chuva, que ele não vai se meter lá embaixo com aquele monstro já pra desabar em cima! Corre, pô!, sai todo o mundo daí que vai cair! Conseguir a matéria e o emprego às custas da vida dos outros também não quer não, mesmo que a matéria ficasse mais dramática ainda, ele tentando salvar o povo e o viaduto caindo, e ele chorando e contando a história, putaquepariu!, que emoção!, melhor que história de bombeiro, ganhava um prêmio na certa! Já sem fôlego, ensopado, o nariz começando a entupir, a voz ficando rouca: Sai daí, gente, olha o viaduto caindo!

Que nada!, na frente dele se juntando aquelas sombras impassíveis, muito mais gente do que ele viu no começo, velhos, adultos, multidão de crianças, olhando pra ele espantados, mas ninguém dá um passo pra fora do viaduto. Albérico tenta gritar ainda, convencer as vítimas a salvar-se, mas a voz não sai mais, acabou-se de vez. Tem um rádio qualquer ligado por ali, sempre tem um rádio qualquer ligado nesse mundo: "Dezesseis horas e cinquenta e três minutos, chove a cântaros na capital paulista, e a chuva deve aumentar nas próximas horas". Aquela gente toda ali parada, braços cruzados, não, não vai acontecer nada, Albérico sente a alma cair-lhe aos pés como um pedaço de papel molhado, as lágrimas, antes disfarçadas pela chuva, agora denunciadas pelos soluços que já não dá mais pra segurar. "Vem pra cá, rapaz, sai dessa chuva", o homem magro com a barba enorme puxa Albérico pra debaixo do viaduto, "o moço tá passando mal, gente, traz um caixote aí pra ele sentar. Aí, senta, moço, senta, rapaz. O viaduto não vai cair não, não tem perigo, esse é o melhor de São Paulo, ainda outro dia veio o engenheiro e mediu tudinho, tá bom que só! Chora não". Uma mulher chega com um copo de borda grossa, de geleia de mocotó, "Toma aí, moço, toma essa garapinha pra acalmar, foi susto, gente, ele pensou que o viaduto ia cair. Cai não, meu filho, já tem anos que a gente mora aqui e ele tá sempre firme, igualzinho, não racha nada, no dia que cair esse viaduto é porque São Paulo todinha já se acabou. Vai, toma a água com açúcar que faz bem". Albérico quer rejeitar, com nojo, mas a mulher apoia-lhe a mão na nuca, encosta-lhe o copo na boca, do jeito que a mãe dele faz, e ele cede, bebe. Dão-lhe dois terços de uma toalha, esfarrapada mas limpa, cheirando a sabão. "Ele tá tremendo de frio, traz um plástico aí, Correia, pro rapaz se cobrir que senão vai dar pneumonia." A mulher volta com um jornal dobrado: "Vai, meu filho, olha aqui, tira o sapato e forra por dentro com esse jornal que seca e esquenta logo o pé, tem que esquentar o pé, meu filho, é o segredo pra não constipar", "Meu jornal, pô, com tudinho da vitória do Corinthians, pode não, sô!",

"Deixe de ser ridico, Dedé, uma merda dum jornal de três dias você não quer dar pro pobre?, depois o Corinthians ganha de novo e você arranja outro jornal, não vê que o rapaz aqui tá mal?". O garoto sacode os ombros e ri sem dentes, olhando o câmera: "Tá, quem sabe a gente aparece na televisão, né?, eu já apareci uma vez na torcida do Corinthians, quando filmaram lá fora do estádio, mas eu queria mesmo era aparecer num show de estritedance...".

Sentado no caixote, enrolado num plástico preto, os pés aquecendo-se aos poucos dentro do jornal, o açúcar começando a correr nas veias, Albérico só não pode parar de soluçar, ninguém aqui vai morrer, o viaduto não vai cair, mas a matéria, o concurso, o emprego, foi tudo por água abaixo!, chora que chora, Albérico. "Por que tá chorando ainda, rapaz?, tá tudo bem, não vai ter desastre nenhum! O que é que tá lhe doendo?, fala, que a gente ajuda, meu irmão, que aqui é tudo gente boa", o Magrão rodopia com os braços abertos, abarcando todo o seu mundo semienterrado, "entrou aqui debaixo é irmão, fala!, o que é?" A história sai toda aos borbotões, entre lágrimas e soluços, fungando Albérico despeja tudo: o concurso, a Sandra Suely, a fila, a meteorologia, a mãe doente, o aluguel atrasado, a notificação de despejo, a chuva, o viaduto, tá tudo perdido!, não dá mais tempo, a matéria pra televisão, o emprego, já era!, nunca mais vou ter outra chance dessas!

"Matéria pra televisão?, pois então é fácil, dá sim, a gente ajuda, dá pra fazer agora mesmo. Televisão gosta é de fazer reportagem de pobre, de miserável que nem nós. Outro dia mesmo passou um repórter e disse que ia voltar pra fazer uma história com a gente aqui, que era uma matéria e tanto, por causa da gente fazer essas casinhas aí, ó!" O Magrão aponta para um canto mais afastado do viaduto, dando para a pista da marginal, e Albérico vê, na penumbra, uma exposição de dezenas de casinhas de madeira, pintadas com cores vivas e fantasistas, pequenas, maiores, pra cachorro, pra passarinho, pra boneca, cadeirinhas, sofás, mesinhas, tudo colorido no maior capricho. "Você faz uma reportagem agorinha mesmo, conta a história da gente, mostra as casinhas, diz que a gente faz de caixote de maçã apanhado na rua, que é bonito e barato, diz que a gente é pobre mas é artista, pergunta da nossa vida, como foi que a gente veio parar aqui debaixo da ponte, como foi que passou de sem-terra pra sem-teto, a gente conta tudo, fica bom, fica bonito, vai ver. Ei, Genival, traz aí aquela sua bateria de caminhão, que o Titica tem dois faróis pra ligar e alumiar melhor. Ei, moço, liga a máquina aí, filma ali as casinhas, filma nós aqui debaixo do viaduto, nossas casas, a chuva caindo, mostra tudo que vai sair beleza!"

Atordoado, Albérico, aos poucos deixando--se atingir pela agitação que se espalha, uma leve esperança começando a apontar, deixa o magro comandar: "Eita, pessoal, vamos sair na televisão!, daí é que vai vender casinha pra caramba! Vai lá, cada um junto das suas peças, as mulheres na porta de suas casas, que ele vai passar e perguntar da vida de cada um", "E eu assim, que nem tomei banho!", "Que banho, Donata, não é pra desfile de moda, não. É reportagem de pobre e na televisão nem passa o cheiro! Deixe de besteira e fique lá junto de sua cortina, pra só sair na hora certa, senão vai atrasar tudo pro rapaz aqui, ele não ganha o concurso." Titica liga os faróis na bateria, acende, aplausos gerais: "Funcionou!". "Vamos lá, seu repórter, você é repórter mesmo ou não é?, tá tudo pronto, só falta você começar a perguntar! Se anime meu filho, que você não tem mais nada pra perder, só pra ganhar." O Magrão tem razão, Albérico se levanta, tira o plástico dos ombros, alisa o cabelo como pode, enxuga os olhos com a manga da camisa ainda úmida, empunha o microfone e manda ligar a câmera.

Albérico revive: Olha aí, cara, meia hora de tremenda matéria pra editar!, puxa!, como esse povo fala bem! Não vai ter nada melhor, eu sei que não vai! O câmera teve de concordar, o material era mesmo de primeira, imagens fantásticas, tudo meio fantasmagórico com a cortina de chuva rebrilhando por trás, os faróis dos carros passando devagar, fazendo deslizar faixas mais claras nas cenas mostradas pela iluminação do Titica. Cinco e quarenta e cinco da tarde! Como é que eu vou chegar lá em tempo?, é longe demais! "Chega, chega sim, meu irmão, vá lá, não pegue carro não, não se meta aí pela marginal que é fria, olhe ali, entre por aquele beco que você vai dar numa avenida lá pra adiante que é bem livre, quem sabe dá pra achar um táxi, se não der, rapaz, corra a pé mesmo que você alcança!, Dedé, vá junto pra ele não se perder. Ei, Felini, dê aí aquela garrafa de cana que você tá escondendo, tem uns dois goles ainda, o menino precisa pra aguentar correr, dê aí, mano, é um emprego pra ele que nós vamos arranjar!, depois que ganhar o prêmio ele volta aqui no domingo com churrasco e umas cervejas pra nós, né não, garoto? E se não puder, não faz mal, é como se viesse, a gente já teve a satisfação de ajudar a ganhar o concurso." Albérico, eufórico, engole a cachaça, engasga, cospe, promete tudo, abraça, beija, agradece, enfiando a cassete de vídeo dentro da camisa. Donata ajeita o plástico preto cobrindo Albérico e Dedé, amarra as pontas juntas com um barbante: "Vão-se embora, corre, que a gente vai ficar aqui rezando pra dar tudo certo, o Felini puxa a reza, que ele já foi pastor crente, vai ver que não falha!".

Oito e meia da noite, o telejornal no ar, alguém matou alguém na Palestina, um senador xingando o outro em Brasília, um bocado daqueles homens de terno e gravata e cabelo cortado dizendo que ontem o mercado foi dormir contente e hoje acordou nervoso, que o Brasil vai muito bem, que a bolsa voltou a subir, que os juros baixaram um milímetro por cento, a cidade de São Paulo debaixo da enxurrada, engarrafamento, apagão, a autoridade dizendo que a culpa é de Deus, o jogo de Palmeiras e Botafogo acabou empatado, Fulaninho bateu um pênalti na trave, culpa do técnico, e o tempo passando, e o pessoal de olho pregado na única televisão que há debaixo do viaduto, ligada num gato novo que o Titica acabou de puxar do poste, correndo um perigo danado por causa da chuva, só pra garantir de se poder ver a reportagem do Albérico, e nada!, não chega nada, só notícia repetida de todo dia, a expectativa arrefecendo, Donata, nervosa, já recomeçando a rezar "Ave Maria, cheia de graça...", mas, de repente, nos últimos minutos: "Olha nós ali! Ele ganhou! Ganhou! Ganhooooooooooou!".

Hoje o dia é de sol, à sombra do viaduto parece até mais quente do que lá fora, mas domingo pelo menos não tem a fumaceira dos caminhões, o barulho danado em cima da cabeça, fica quase assim como um quintal de casa. "Senta aqui, Titica, junta aqui com a gente que estamos esperando o Albérico pra comemorar", Titica arrasta mais um caixote e senta, "Vocês acham que ele vem hoje, é?", "Vem, vem. É cedo ainda", "Domingo passado vai ver que ele não pôde vir porque teve de sair com a namorada, a Sandra Suely, que afinal foi ela que arranjou a inscrição no concurso pra ele", "É... e no domingo retrasado nem dava mesmo, né?, emprego novo, o cara tem de trabalhar muito, mostrar serviço, tem negócio de folga não", "Por isso é que ele tá se dando bem, já apareceu quatro vezes no jornal, depois daquele dia. Quem sabe ele até arranja um trabalho pra você lá, hein, Titica? De eletricista, já pensou?, eles precisam muito de eletricista. Albérico vai crescer lá dentro, eu aposto", "Graças a Deus!, bom pra ele, o menino merece!". Titica olhando pro chão, um canto da boca entorta em descrença, começa a dizer alguma coisa, mas Donata interrompe, repetindo: "Graças a Deus!, ele merece, tão novinho, tão bonzinho ele!, preocupado com a mãe", Titica olha a roda à sua volta, de um em um, a barba arrepiada do Magrão, os olhos molhados da Donata, o coco rapado do Dedé, os pés rachados do Alfredo, as mãos incrivelmente limpas do Felini, o barrigão da Cidinha, feliz, encostada no peito do Argemiro, Dona Lena, o Correia, a Guiomar, o Genival, mais outro, outra, a criançada, olha pro céu de cimento logo acima da cabeça, sempre tristonha a voz do Titica!, diz: "É, ele vem, com certeza que vem... se não vier hoje, é porque não pôde mesmo, vem outro dia". Magrão sombreia a vista com a mão, "Outro dia, o quê! Não será que é ele vindo lá do outro lado? Aquela moreninha eu aposto que é a Sandra Suely. Só pode ser".

Toda dor tem fim

Nunca fiz isto antes, mas o teu olhar dolorido desatou meu silêncio. Só eu vi, só eu sei, sei a profundidade, a altura e a amplitude da tua dor. Eu, sim, a velha tia silenciosa e apagada, tranquila como uma poça d'água que, não, nunca sofreu sua própria dor de amor, nem ardor de paixão, nunca sentiu punhal de ciúme, só sentimentos muito tênues, ínfimos encantos, pequenos dolorimentos em surdina, dos que nem arranham a pele da alma. Por isso mesmo meus olhos sempre foram claros, completamente videntes, porque nunca houve em mim sentimento soberano que os turvasse, nem desejos prementes que distorcessem os objetos e os fatos, nem expectativa ou ambição que me perturbassem a intenção do olhar; pude permanecer sempre atenta ao mundo fora de mim e por isso sempre vi os pequenos sinais, os detalhes que ninguém mais vê, laivos, leves traços, eflúvios, indícios, alusões, sutilezas, segredos. Vi, compreendi e guardei no meu próprio coração coisas belíssimas e coisas terríveis, tão belas e tão terríveis como só se encontram nos corações humanos. Muitas vezes me perguntei por que fui feita assim, que sentido tem essa minha invencível placidez, essa equanimidade, palavra que encontrei por acaso, num dicionário qualquer, e me ajudou a explicar-me a mim mesma. Sou assim, talvez, porque é preciso que alguém, em algum lugar, contenha o repertório inteiro das paixões humanas sem se deixar aniquilar por elas. Alguém que as conheça e as olhe sem paixão, apenas compaixão, talvez o único sentimento forte o bastante em mim para garantir minha humanidade.

Eu vi, durante anos, fugazes luzes de adoração nos teus olhos antes que eles baixassem de novo ao chão no seu modo costumeiro, vi discretos rubores, cada vez mais frequentes à medida que tu crescias, repentina palidez, rápido bater de pálpebras contendo lágrimas quando ela começou a frequentar festas e grupos de amigos, ouvi teus passos hesitantes diante da porta do quarto dela e soluços abafados atrás da tua própria porta, vi leve roçar de mãos, beijos imperceptivelmente prolongados, seguidos de fugas inexplicadas, vi o brilho do suor em tuas palmas quando ela, inconsequente, sentava-se no braço da tua poltrona e descansava a mão displicente na tua nuca, vi-te recolher furtivamente guardanapos de papel marcados de batom, frascos de perfume vazios, fotografias rasgadas na cesta de papéis, uma luva abandonada, um nada, vestígios, relíquias. Vi como depois do noivado buscaste o atordoamento naquela música ruidosa e irritante, vi como baixava da noite para o dia o nível do uísque nas garrafas da sala de jantar, como depois tentaste evadir-te mergulhando nos livros ou entregando-te com fúria às lutas de boxe, voltando para casa ferido, castigado. Vi tua angústia cada vez que teu irmão zombava da tua castidade e insinuava suspeitas sobre a tua masculinidade, vi teu amor, teu medo e tua culpa. Digo-te tudo isso agora não para recriminar-te, mas apenas para provar-te que de fato tudo vejo e tudo sei, para que me creias quando te digo que esta dor um dia passa, toda dor tem fim, e os amores loucos também passam. Sabia que te encontraria aqui, no quarto que era dela, e vim correndo, logo que percebi que não estavas na igreja para o casamento de tua irmã.

É do cinema americano

Para João Batista de Brito

Mas o que é essa infinidade de faróis no meu retrovisor?, tão juntos, se mexendo desse jeito, mesclando-se, separando-se, que coisa estranha! Estranha, nada. Não há nada estranho com os faróis, nesta estradinha estreita só pode haver um carro logo atrás de mim. O que há são pelo menos quatro gins-tônicas na minha cabeça. Fiz besteira outra vez, passei do ponto, melhor desacelerar, ele que tenha paciência até chegar na estrada principal pra poder me ultrapassar. Ei!, qual é?, será possível que o cara vai querer me empurrar ladeira abaixo?, batendo no meu para-choque!, é louco?, outra vez, mais uma! Meu Deus, desse jeito, nessas curvas, isso vai ficar mais perigoso do que dez gins-tônicas. Está bem, está bem, eu acelero, seu nervosinho. Pronto, se acalme. Mas o que será que ele bebeu? Ou cheirou? Não vê que não posso acelerar mais numa descida cheia de curvas? Meu Deus, eu nem vejo a estrada direito. Ai! Que susto! Também, como é que deixam um bambuzal pendendo assim pra dentro de uma estrada perigosa dessas? Para de bater, seu doido! Acho que eu vou vomitar. Droga! Nunca mais tomo gins-tônicas. Pensando que álcool faz festa besta ficar boa, é? Merda de festa, merda de dia, merda de vida. Nunca me acontece nada de bom e agora isso. Para, seu desgraçado!, ai, minha Nossa Senhora, me ajude, me guie, já nem estou sentindo meu pé, não, não me deixe vomitar, já falta pouco, a estrada é logo ali, juro que nunca mais peço pra me acontecer alguma coisa do cinema americano. Agora ele endoidou de vez, colou no meu para-choque, empurrando pro lado, vou sair da pista e cair na pirambeira, acabou-se. Na próxima derrapada eu sei que não seguro. Morri, já morri, ai, minha vidinha, por que reclamei dela? Não, meu Deus, é boa, boinha, juro que nunca mais reclamo, me dá um *happy end*, meu Deus, eu já vi isso mil vezes no cinema e sempre acabava com a mocinha ilesa, e um beijo memorável. Eu sou a mocinha nesta história, não sou? Sou, no fundo eu sou boa, boa pessoa, aquela mentira que eu inventei pra tirar o Rogério da Silvinha foi só uma fraqueza... para, desgraçado, para... nem adiantou nada, ele não ficou comigo, já fui castigada, meu Deus, já sofri tanto por causa do Rogério, deixa eu viver que eu ajeito tudo, prometo, eu falo com a Silvinha, eu confesso, eu me humilho, o Rogério volta pra ela e fica tudo bem, tudo bem. Não, vomitar agora, não! Eu prometo que se eu escapar desta eu nunca mais bebo, eu me conformo com minha vida, não penso mais em plástica, envelheço numa boa, eu troco este carrão por um fusca velho e dou o dinheiro pros pobres, vou ser voluntária no hospital do câncer, vou visitar a vovó todo dia, eu juro, meu Deus, me salva que eu tiro aquele Buda do meu altarzinho, está me ouvindo?, quem está me ouvindo?, Buda?, se você me salvar eu tiro a Nossa Senhora Aparecida, viu? Está me ouvindo, Nossa Senhora?, Iemanjá?, eu jogo aqueles duendes todos no lixo. Ai que confusão! Quem é que vai me salvar? Quem salva a mocinha nos filmes?, é o mocinho, mas ele está é aí atrás batendo no meu para-choque, querendo é me matar! Ou bandido? Será bandido? Roubar o quê? O carro? Nem paguei... Ai, morrer assim na flor dos quarenta e cinco... quer dizer, quarenta e sete... sem ter vivido o grande amor! Enfim, enfim!, olha a estrada principal, vai, acelera, a curva... puxa!, fiz uma curva de cinema, em duas rodas, de cinema! Ufa!, consegui!, consegui!, vai, passa seu tarado!, passa, vai s'embora, vai te esborrachar onde quiser. E por que não passa? Ai, meu Deus, o que é que ele quer, com essa estradona aí na frente, por que é que ele continua batendo em mim? Agora ele vai ver, o vendedor disse que isto vai a mais de duzentos por hora, duvido que ele me siga, vamos, pé na tábua, me segue, seu besta, se puder, quero ver... já vi. Ele pode, pode mais que eu, por que não me ultrapassa?, quem é esse cara?, será que é alguém que me cantou e eu desprezei, esnobei? Será que é o Hélio? Eu fui horrível com ele, mas ele depois não conseguiu aquela gringa lindíssima e riquíssima? Será que ele me amava tanto assim, guardou essa mágoa até hoje? Puxa!, que paixão!, coisa de cinema! Para de sonhar besteira! Presta atenção na estrada, acelera, aproveita a reta. Para de me perseguir! Cadê a reta, a re...

Aaaaaai, aaaaaaaai... mas por que estou gemendo, se não está doendo nada?, nadinha. Será que não me aconteceu mesmo nada ou já morri? Morri não. Acho que ninguém vomita depois de morto e o cheiro de gim azedo está demais. Não morri! Não morri! Meu Deus, que sorte, obrigada, meu Deusinho! Umas quatro capotadas e eu inteira! E o fulano sumiu, não veio atrás de mim. É só conseguir abrir essa porta e sair do meio desse bambuzal, ligar o celular e alguém vai chegar para me salvar, e ele vai ser um policial rodoviário lindo, atlético, um artista que só virou policial por desgosto amoroso, quer afogar as mágoas numa vida de aventura, na verdade é um músico maravilhoso, sensível, que compõe secretamente sob pseudônimo para a Filarmônica de Berlim e vai ser revelado um dia desses, e terá todas as glórias deste mundo ao lado da mulher que o destino pôs na sua vida para que ele redescubra o amor! Puxa!, é do cinema americano! Será que alguém vai acreditar quando eu contar?

Melodrama ou a noiva da noite

Orestes adora Rita, desde sempre, amor necessário e incontestável porque Rita é a amada do morro, assim como Rita quer Orestes porque ele é o melhor, o mais alegre, o mais forte e mais bonito de quantos a olham com paixão, e todos a olham com paixão, evoluem sem parar à volta dela, todos eles desejosos mestres-salas arrastando as asas para ela, porta-estandarte pela própria natureza, que faz girar sem parar uma bandeira invisível que de todos os pontos do morro se vê.

Aurélia ama Orestes que nem olha para ela senão com olhar risonho de irmão, de condescendência, ama absolutamente desde que ela era uma criança de peito liso e ele ainda um grumete imberbe que cheirava a sabonete infantil.

Orestes hoje é marinheiro e cheira a maresia, ainda é louco por Rita, não duvida de que ela jamais será de outro, foi-se num navio grego prometendo voltar um dia, cheio de tesouros, pra casar-se com Rita, ela que vendo o barco desaparecer ao longe deu as costas ao mar e encarou risonha a corte que a segue sempre, que tece um feitiço à volta dela, fazendo-a eternamente linda, feliz, única, invencível. Ainda que ela preferisse Orestes, que lhe prometesse pensar só nele e esperá-lo, não pode deixar de atrair todos os homens jovens e fortes do morro porque vive da energia que subtrai deles.

Aurélia jamais despregou os olhos do horizonte: fora ou dentro de si, é aquela linha verde-azul que ela mira, fica os dias inteiros na ponta da pedra mais alta do morro, a alma mergulhada na baía, esperando que cheguem navios, imagina com total vividez a presença de Orestes para ela, uma vida de amor com ele, a verdadeira vida dela desde que ele se foi, nem se importa mais com Rita, nem a vê, nem pensa nela, vive com Orestes no horizonte, de sol a sol, vive com Orestes no barraco escuro, costurando fantasias a noite toda, já nem quer que ele volte de verdade, estando longe ele é só dela, aqui, sabe bem, será de Rita. Pode ver, sentir e viver tudo, os mais mínimos gestos, as palavras, os gemidos e os silêncios que compartilha com ele, e seria plenamente feliz nesse sonho se pudesse imaginar o olhar apaixonado dele nos olhos dela, mas não pode, por mais que tente, não pode e é só por isso que ainda, num canto de si, deseja a volta com a esperança de, por um segundo, poder prender pra sempre nos próprios olhos uma mirada apaixonada do seu homem. Por isso passa as noites trabalhando para estar os dias inteiros em contemplação do horizonte esperando o barco em que ele partiu, alheia ao resto do mundo, nem sabe que Rita não se guardou pra Orestes, que cedeu ao assédio do Alemão, que já se cobriu com outros tesouros e não quer mais os presentes de um pobre marinheiro, nem sabe que todo o morro prevê tragédia quando um certo navio atracar no cais.

Aurélia sabe apenas que este ano Rita é o primeiro destaque da escola, vai passar logo depois da comissão de frente, lá embaixo, no asfalto, a fantasia de Noiva da Noite, um esplendor que só mesmo o Alemão podia pagar. É hoje o desfile, o morro ferve, Aurélia pregou a última pluma na última fantasia minutos antes do sol nascer e correu pra pedra lá no alto, lá ficou todo o dia que não foi pra ela mais do que um momento, o longo e único momento da espera entre a partida e a volta, momento que terminou de repente, ao fim da tarde, quando viu entrar o navio na baía e soube que Orestes voltava nele, que não voltava para ela, que vinha apenas para a Noiva da Noite. Quando o navio desapareceu em direção ao porto e já não havia mais o que olhar de cima da pedra, envolta no lusco-fusco do anoitecer, Aurélia desceu o morro, sem rumo, agora mete-se estonteada pelas veredas da favela e, sem saber como, chega à porta aberta do barraco deserto que a fantasia, resplandecente, enche de luz. Rita está lá embaixo, com certeza, cercada pelos seus homens, provocando-os, para negacear no último momento, naquela brincadeira que inventou e que repete infindavelmente, deixando-os todos cativos e enchendo o Alemão de vaidade. Aurélia desperta, fascinada apodera-se da fantasia e escapa pelas rotas de fuga do morro que ela, de sua pedra lá no alto, aprendeu sem perceber. Agora, sim, sabe muito bem para onde vai, para a casa onde trabalha sua irmã, lá embaixo, chega quase sem fôlego, esgueira-se pelo portãozinho do lado, corre pro quarto no fundo do jardim. Agora, sim, sabe o que vai fazer, calcula, a escola tem que estar na concentração logo mais, às nove horas, mas só entra na avenida à meia-noite, a essa hora todo o morro já sabe que a fantasia sumiu e Rita está desesperada, correndo o Rio de Janeiro atrás da Noiva da Noite. Aurélia veste-se, pinta-se, segura e lentamente, é tão alta e bem feita quanto Rita, o adereço de plumas e a meia máscara as tornam idênticas, nesta noite Aurélia é Rita e Orestes vai olhá-la apaixonado, é só o que ela quer e precisa para completar inteiramente sua verdadeira vida. Sabe que o engano não durará quase nada, mas um segundo lhe bastará pra conhecer a luz de um olhar de paixão. A irmã diz que ela está louca mas empresta o dinheiro para o táxi. Espera que passe a chuva para não estragar a fantasia e sai, a cidade desliza veloz por Aurélia, confusão de luzes redobrando-se no asfalto molhado, vertigem.

A escola já lança seu grito de guerra e os rojões espocam, o destaque Noiva da Noite irrompe na concentração e corre como um corisco branco, sob aplausos frenéticos, atravessa o rumor da bateria, o arco-íris das alas, contorna os casais de mestre-sala e porta-bandeira, os carros alegóricos, descalça e veloz, para o lugar que cabe a Rita, buscando, arrebatada, a visão de Orestes, não o vê ainda, estaca atordoada logo atrás da comissão de frente, gritam-lhe "anda, anda Rita, não deixa espaço, vai, vai, está louca aí parada?". Sente o tremor pelo corpo todo, o som da bateria a toma e Aurélia samba, já Orestes salta à sua frente: "Rita!". Estranho, tão estranho que um olhar apaixonado se pareça tanto assim com um olhar desesperado! Ela nem sente o punhal varar-lhe o peito.

A escola não parou, cresceu em garra, fluiu como os dois braços de um rio em torno da ilha branca e vermelha e sagrou-se campeã do Carnaval.

ESTA OBRA FOI COMPOSTA PELA ABREU'S SYSTEM EM ADOBE GARAMOND
E IMPRESSA PELA UMLIVRO EM PROCESSO DE IMPRESSÃO SOB
DEMANDA SOBRE PAPEL PÓLEN SOFT DA SUZANO S.A. PARA
A EDITORA SCHWARCZ A PARTIR DE OUTUBRO DE 2020

A marca FSC® é a garantia de que a madeira utilizada na fabricação do papel deste livro provém de florestas que foram gerenciadas de maneira ambientalmente correta, socialmente justa e economicamente viável, além de outras fontes de origem controlada.